KB126526

맛깔스러운 인생을 전하는 **뷰티 CEO**

초판 1쇄 인쇄	2022년 12월 5일
초판 1쇄 발행	2022년 12월 8일

지은이	조휴갑
펴낸이	박다윤
책임편집 및 디자인	신현진
발행처	도서출판 다경(茶京)
등록번호	제 321-2012-000143호
주소	서울시 서초구 서초중앙로2길 21번지 더샵 서초 101-1103
전화	010-3061-7803
이메일	psy-star@kakao.com
정가	15,000원
ISBN	979-11-86869-21-5

맛깔스러운
인생을 전하는
뷰티 CEO

도서출판
다경

목
차

제 1부

유년의 추억

제 2부

**설레는 봄,
그리고 어머니!**

제 3부

**여름날의 일기&
골프 이야기**

제 6부

겨울, 그 깊은 밤 & 젊은 청춘에게

다시 시작하는 나의 인생 2막을 위하여

저자 **조휴갑**

세계를 상대로 장사를 해왔다. 그리고 지금은 화장품으로 세계를 호령하고 있다. 아직도 나는 현역으로 왕성하게 일을 하고 있다. 그리고, 살아온 삶에 대한 기록을 여기에 담아내고자 한다. 조금은 미흡하지만 용기가 필요했고, 글을 쓰는 것이 쉬운 것이 아님을 알기에 주저했었다. 하지만 삶의 흔적을 더듬어보는 것도 의미 있는 일이라 생각하여 과감하게 펜을 들어보았다.

때로는 살아온 시간들이 영롱함을 내뿜는 진주처럼 아련하면서도 빛이 바래지 않는 오래된 수첩같은 기억이 주마등처럼 스치고 지나간다.

요리하는 것을 좋아하고, 골프를 좋아하고, 사람을 좋아하는 나는 그렇게 사람들과의 관계를 이어오면서 조금씩 발전하고 있다.

이제 인생의 후반부에서 다시 시작하려고 한다. 글로의 도전, 참 멋진일이라고 생각한다. 그리고 그 후반전을 이제 즐기려고 한다. 100세 시대에 60은 아직은 청춘이고, 아직은 해야할 일이 많은 나이이다.

아직도 나는 CEO로서의 삶을 살고 있다. 아직은 일이 즐겁고, 아직은 더 이루어야할 것이 많다는 것을 알기에 늘 나는 꿈을 꾼다. 꿈이 없으면 죽은 인생과 같다고 한다. 나의 꿈은 계속 발전해가고 있고, 앞으로도 계속될 것이다

이 글을 읽는 사람들에게 조금이나마 인생이 도움이 된다면 더할나위없이 행복할 것 같다.

인생의 후반부에서 다시 쓰는 나의 인생에 대해 BRAVO! 를 외쳐본다.

추천의 글

진솔함에서 묻어나오는 삶의 향기

시인 **박다윤**

오랜만에 가슴 따뜻한 글을 만났다. 삶에 대한 진지함과 진성성 그리고 진솔함에서 묻어나오는 향기가 그랬다. 그의 글을 읽다보면 문득 문득 삶의 희망을 읽게 된다. 문학에도 뜻이 있었고, 그 꿈을 위해 끊임없이 자신을 담금질하며, 여러 어려움을 겪어나가면서 이루어낸 화장품 회사의 대표가 되기까지. 그의 삶은 그러한 과정들이 가감 없이 묻어있다. '눈물을 젖은 빵을 먹어보지 않은 사람은 인생을 논하지 말라' 는 말이 있다. 진한 눈물이 어린 빵에도 삶은 스며있고 고통과 인내를 감내하면서 이루어낸 삶이기에 그의 삶은 더 할 수 없는 아름다움이 무늬로 새겨있다. 지금은 인생 2막에서 새롭게 정리하는 삶의 보고서와도 같은 자기 고백은 읽는 이로 하여금 가슴한쪽으로부터 따스함이 번져오고 있다.

그의 삶은 유난히 부모님에 대한 효심이 지극하다는 것을, 자신의 삶에 얼마나 충실했음이 한눈에 읽혀진다. 거기에다 요리까지 해박한 지식으로 직접 만들기까지 하는 다재다능함에 또 한번 놀라게 된다.

CEO로서 갖추어야할 결단력과 리더십, 남을 배려하는 마음, 주위사람들에게 베푸는 모습 하나하나가 빛을 발하고 있다. 무릇 세상을 상대로 영업을 하는 사람에게는 남들의 마음까지 읽어내어 그가 원하는 니즈가 무엇인지 찾아내어 적절한 방법으로 요리하는 것이 필요하다. 삶에 굴복하지 않고 자신만의 길을 꾸준히 걸어가는 것에 대해 감탄의 박수를 보낸다. 이 글을 읽는 모든 이들이 그의 진솔한 삶의 향기를 깊이 음미해보길 바란다.

8
·
9

도전하는 마음으로 계속 글을 쓰기를 소망한다

—

서양화가 / 시인 **소순희**

내게 발문을 부탁한다는 전화를 받고 조휴갑 코링코 대표의 건장한 모습과 검은 눈썹이 먼저 떠올랐다.

그를 떠올리자 왜 삼국지의 관우가 연상될까? 그는 나와 한 마을에서 태어나고 형제처럼 자란 사이다.

온 산과 들을 쏘다니며 새를 잡고 산토끼를 쫓던 추억속의 어린시절을 함께한 그가 사업가로써 성공한 것에 자랑스러움을 금치 못한다. 그는 분명 물건이다. 고향에서 큰 일을 하고 성공하면 "하,그 놈 물건이여!" 하고 어르신들이 말하곤한다. 이번 책을 내는 그에게 추억과 회한과 미래에 관한 명징한 고뇌와 후배들에게 글을 쓰게 하는 계기가 될 것 임을 믿는바이다.

글을 왜 쓰느냐고 묻는다면 그것은 우문이다. 각자의 살아가는 방식이 있겠지만 내 영혼의 자유로움과 고뇌와 열정을 통한 자기성찰의 한 부분이라고 해도 틀린 말이 아닐 것이며 영혼의 맑음을 위해서라고 누군가가 역설한 바 있다.

누구나 공통분모로 주어진 삶 자체를 무의미하게 보내는가 하면 또 일기를 쓰거나 시나 수필을 통해 자기 삶을 기록으로 채워가는 사람도 있다.

　여기 조휴갑 코링코 대표는 그런 사람중 한 명으로 결코 학창시절이나 사업중에도 기록의 자기 역사를 가벼이 다루지 않고 늘 희노애락을 다룬 이야기꾼으로 책을 내는 쾌거를 이루어냈다.

　글은 아무나 쓰지만 아무나 책을 발행하기는 용기와 적절한 문장의 힘이 필요하다. 그러기위해선 자기와의 싸움으로 많은 시간과 고뇌가 없이는 결코 쉬운일이 아니다.

　나는 조 대표의 진솔한 이야기 몇 편을 읽은 적이 있다.
　고향의 말 그 질팍한 사투리가 주는 묘한 매력에 글에서 눈을 뗄 수 가 없다.
　독자로 하여금 미소 짓게 하고 같은 추억을 공유하며 이 어려운 시대를 넘는 조금의 에너지가 될 것을 믿는다.
　그는 호탕하다. 꾸밈없는 그의 글에서 어쩌면 카타르시스적 위안을 얻을 수도 있을 것이다.

　"마음은 맑은 거울이니 부지런히 털고 닦아서 때 묻지 않도록 하라"고 한 어느 고승의 말에 빗대지 않아도 이미 그는 거울을 닦는 작업에 충실하다.
　나는 그가 한 권의 책으로 멈추지 않고 계속 글을 쓰고 자기역사를 기록하는 영광이 있기를 간절히 바라는 바이다.

용기 있는 그의 결단에 박수를 보낸다

동문 선배 **서용교**

날씨 좋은 시월 중순 동문 후배인 '코링크 대표'
조휴갑로부터 전화가 왔다.
이번에 오래전부터 하나둘 써놓은 글을 모아 책을 내기로 했다고 진심으로 축하한다고 했더니 평소 존경(?)하는 선배의 추천의 글을 써달라는 숙제를 나에게 줬다.

후배는 3년 차 고교 동문으로 십여 년 전 동문 모임에서 나를 도와 총무 일을 열성적으로 해오면서 인연을 이어오고 있는 사이다.
후배의 첫인상은 삼국지의 장비 같은 인상이 든다.
키와 덩치가 크고 배는 불뚝 나왔으며 호랑이 눈썹에 목소리 또한 커서 무인으로 직업을 택했으면 딱 좋은 첫인상이다.
그러나 그건 첫인상일 뿐 후배를 만나면서 반전의 면모를 하나씩 보곤 했다.

그는 이야기꾼이다.
휴일 아침 단톡방에 툭! 올라온 장문의 글을 읽다 보면 소싯적 추억이 그대로 소환되고 맞어 맞어~ 저랬었지 맞장구치는 글꾼이면서 이야기꾼이다.

그는 효자면서 울보다.

부모의 자식에 대한 헌식적 사랑을 투박한 사투리와 그 시대의 말투로써 내려간 글을 읽노라면 작은 세포 하나하나에 전기충격이 오듯 짜릿한 쾌감과 돌아가신 부모님을 생각케하는 힘이 있다.

후배는 요리하는 남자다.

요리라면 파스타 등 서양식을 떠올리지만 그는 파김치, 봄동, 열무김치, 파전, 매운탕 등, 전통 한식을 어지간한 주부보다도 더 능숙하게 잘한다.

아마도 집사람으로부터 살아남는 생존의 방법(?)을 요리로 터득한 게 아닌가 싶다.

그는 좌충우돌 용기 있는 남자다.

사실 글을 쓰는 사람은 많다.

그러나 그 글을 모아 책을 내고 내가 쓴 글을 많은 사람들에게 보여주는 것은 엄청난 용기와 자기애가 필요하다.

그의 글은 아름다운 미사여구보다는 투박하면서도 꾸밈은 없지만 인간 본성을 직설적으로 표현하고 그로 인해 독자로 하여금 마음의 울림과 여운이 오래도록 남아 척박한 현대인에게 새로운 에너지가 될 것을 믿어 의심지 않는다.

아울러 후배의 치기 어린(?) 큰 용기가 멈추지 않는 새 출발이 되었으면 하고 그의 사업의 건승과 글 쓰는 역사(삶)의 제2막을 어어갔으면 한다.

제 1부
유년의 추억

방귀

1969년도의 여름 이었다. 엄마는 장독대 학독에서 보리쌀을 갈고 계셨다 · 우리 앞집에 사는 전마니형은 방구를 워낙 잘 뀌었다. 똘감나무 아래에서 부터 방구를 뀌기시작하면 연산떡네 다무락까지 가서야 방구가 멈추었다 · 나는 방구를 잘뀌는 전마니 형이 은근히 부러웠다 · 그날 아침도 엄마는 한 여름에 구슬땀을 흘리시며 보리쌀을 아침밥에 넣으려 열심히 갈고 계시는데

엄마!! 엄마!! 나도 전마니 성처럼 방구낄 수 있다

하고는 말이 떨어지기가 무섭게 방구를 서너방을 시원스럽게 뀌었다.

그리고 엉덩이에 힘을주어 압을모아 다섯번 째 방구를 뀌다가 나이롱바지에 똥을 싸고 말았다 ·

나는 부끄러워 죽겠는데 우리 엄마는 배꼽이 빠져라고 웃기만 하셨다 ·

하긴 내가 대여섯살 한참 개구장이 귀여울 때니 엄마는 얼마나 웃음보가 터졌을까?

나도 까마득히 잊고 있었는데 몇 년전 서울우리집에 오셔서 그 이야기를 재미나게 하셨다.

이제는 방구를 잘뀌던 전마니 성도 하늘나라고 가고 어머니도 가셨다.

나의 어린시절 추억의 스케치도 희미하게 지워져 간다.

어머니와 운동회

1970년 가을이었다. 우리집 골목길엔 감홍시가 익어가고 배가고픈 여동생옥녀와 나는 나뭇가지 끄트머리에 잘 익어가는 감홍시와 빠무라기(덜 익은 감홍시)를 따서 먹었다.

어머니는 떫은 감을 간깃대(대나무 장대)로 따서 큰방 아랫목 떡시루에 감을 울궜다(소금·물을 넣고 이불을 덮어 하루 이틀지나면 떫은 감이 단감처럼 달게 변함)

드디어 누나와 형이 다니는 부절국민학교 가을 운동회 날이 되었다. 누나와 형은 아침일찍 학교로 향했다. 어머니는 한복을 곱게 차려입으시고 나는 어머니 손에 이끌려 학교에 갔다. 학교에는 사람들이 엄청 많았다.

태어나서 그렇게 사람들이 많이 모인 것은 처음 보았다.

장난감 장사·아이스크림 장사·솜사탕장사 등 참 신기한 장사들이 많았다.

어머니가 준비한 맛있는 도시락에 떡에 집에서 쪄간 두벌 콩이 들어간 술빵과 달콤한 감을 온 식구들이 운동장가에 앉아서 맛있게 먹었다. 그리고 기마전 구경을 하다가 어머니를 잃어버렸다. 그 많은 사람들 중에 어머니를 찾을 수가 없었다.

그런 와중에 갑자기 배가 아파오기 시작했다. 나는 아픈 배를 움켜쥐고 동편 화장실로 향했다.

나무로 지은 화장실안은 삐그덕 삐그덕 소리가 나고 화징실 깊은 바닥을 보니 귀돌이(하얀 똥벌레)가 한가득 스멀스멀 꼼지락거리고 있었다.

나는 무서워서 화장실을 나와 엉거주춤 하다가 나일론바지에 실례를 해 버렸다.

엉덩이가 갑자기 뜨뜻해지면서 묵직해 졌다.

나는 갑자기 울기 시작했다. 한참을 똥을 바지에 대롱대롱 매달고 울면서 엄마를 찾아다니는데 순희 형이 나타났다.

나의 손을 잡고 학교 뒷편에 섬진강으로 데리고 갔다.

그리고는 바지를 벗겨서 흐르는 물에 똥을 털어내고는 나의 바지를 빨아서 꽉~~쥐어짜 물기를 뺀 뒤 옷을 입으라고 했다.

바지는 척척했지만 개운했다.

그리고 한참을 지나서 엄마를 만났는데 나는 갑자기 서러워서 엄마를 보고 엉엉 울었다.

순희형이 자초지종을 설명하니 어머니는 순희 형을 칭찬해 주셨다.

내 나이 일곱살 때의 일이다.

세월은 많이 지났지만 유년시절 운동회만큼 우리의 가슴을 뭉클하게 했던 것은

많지 않았던 것 같다.

어린 시절 옹달샘처럼 맑았던 기억들은 가물 가물해도

우리의 생을 행복하게 한다.

빵의 추억

둥구레 빵할매는 내가 범벌 명(목화)밭에서 여동생들과 잡초를 호미로 매고 있을 때는 커다란 대나무 소쿠리를 머리에 이고 지나갔다 · 난 초등학교에 입학했다.

1971년 입학하자마자 일주일에 한 번씩 나라에서 빵을 한개씩 주었다.

우린 교실에서 빵하나씨(남원에서 짐빠리 자전거로 빵을 배달하던 아저씨)를 눈이 빠져라 설레는 마음으로 기다렸다.

용의 검사라는게 엄격했다. 손이 더러운 사람은 이매자 선생님이 빵을 안주었다. 난 집에온 후 다음날 빵을 타야했기에 소죽 뜨거운 국물을 나무 바가지로 떠서 손등을 불린후 누나가 맨돌 맨돌한 자갈로 손등을 문질러 주었다.

그 때 구루무만 한스푼 발랐어도 좋았을 걸!!

이학년이 지나고 무상으로 누구에게나 주던 빵은 돈을 내고 사먹으라고 했다.

강식 · 창배 · 형철 브루쥬아의 애기들만 그 맛난 빵을 먹었다.

난 그 친구들에게 잘 보여서 빵을 조금이라도 얻어먹을라고 이쁜 아양을 다 떨었다.

하루는 울 엄마한테 나도 일주일에 세번씩 빵을 먹게 해달라고 졸랐다.

"휴갑아 우리는 초가지붕에 살고 빵먹는 친구들은 기와지붕에 산단다.

맵새가 황새따라 갈라면 다리가 찢어진단다"

울 엄마는 그 말씀을 하시며 얼마나 마음이 아팠을까? 초여름이 가고 두 벌 콩이 익어가는 여름이 오면 어머니는 산동 주장(막걸리 제조하는 공장)으로 노란 주전자를 주시며 술 심부름을 보냈다.

나는 섬뜰을 지나 섬진강 징검다리를 건너 산동을 쏜살같이 다녀오곤 했다. 방죽골 밀밭에서 밀타작을 한 후 방애씰(방잇간)에서 곱게 빻은 밀가루에 막걸리 · 두벌 콩을 넣어 그 맛난 술빵을 커다란 양은솥에 구름처럼 부풀게 만드시던 어머니는 요술쟁이 같았다.

사람이 배불리 먹고 싶은 것을 배터져라 먹는게 행복한것이라 여겨본적은 누구나 있으리라.

내가 지금 천 만 원어치 빵을 사다가 먹는들 그 때 그맛은 나지 않을 것이다. 요즘은 내가 맛난 음식을 요리하고 이쁘게 피어나는 봄 꽃을 보면 울 엄마가 자꾸 보고 싶다.

어머니의 전대

우리 어머니는 전대(옛날 지갑)가 없었다. 남원읍내에서 일주일에 한 번씩 생선장수 아주머니가 우리 집을 방문했다. 철따라 여수에서 올라오는 생선을 팔았다.

갈치·조기·명태·오징어·멸치·김·새우 등등 그러나 지갑이 없으신 어머니는 광에서 쌀을 퍼다가 생선과 물물교환을 하셨다.

동네 처녀 총각들이 장가를 가거나 상가가 생기면 쌀로 축의와 부의를 갈음하셨다.

외가에 외할아버지 제사가 되면 책보에 쌀을 이고 친정집으로 가시고 여름방학이 되어 복숭아 밭에 갈 때도 겉보리를 머리에 이고 가셨다.

고등학교 때 동네전빵(작은슈퍼)에서 친구들과 외상으로 보배됫병(1.8ℓ)을 사다가 내 방에서 종종 마셨는데 전빵집 아주머니는 나에게 외상값을 받지 않고(깜양에 갚을 능력도 없었음) 우리 어머니에게 집에 작은 아들 외상값 좀 줘요 하시면 그날부로 광에서 쌀을 퍼다가 갚으셨다.

고1학년 때 자전거를 타고 학교정문을 가는데 책 장시가 소설책·시집 전집을 팔고 있었다.

문학에 심취해 있던 나는 50권짜리 세계의 명시 라는 시집을 외상으로 샀다.

한 달에 한 번씩 할부금을 갚기로 하고….

몇 달인가는 냈는데 더이상 갚을 여유가 없었다. 일주일에 몇 번씩 책장
시는 나의 자취방을 찾아왔다. 이 사실을 같이 자취하던 옥녀동생이 어머
니에게 알렸다.
　어머니는 나에게 혼도 안내시고　"책이 그리도 욕심이 나서 외상으로
샀냐?"고 하시며 쌀을 팔아서 책값을 모두 갚아 주셨다 ·
　대학교 때였다.
　어머니는 내가 이 주일동안 먹을 쌀과 맛있는 반찬을 해 주시고 남원터
미널까지 배웅해 주신다고 하시며 쌀 반가마니　아버지 몰래 이고 버스
를 타셨다.
　같이 버스를 탄 홈실 떡이" 산동떡 뭐 할라고 그리 무겁게 쌀가마니를 가
지고 가요?　"하고 묻자 우리 어머니는 "우리 아들 즈그아부지 몰래 용돈
줄라고 허요"하고 힘차게 말씀하셨다.
　버스 안에 같이 있던 나는 왠지 창피했다.
　어머니는 쌀집에 쌀을 팔아서 나의 손에 쥐어 주시며 열심히 공부하라고
차부에서 손을 흔들어 주셨다.
　*속창아리 없는 나는 그 돈으로 친구들과 학교앞 호수가에 있는 포장마
차에서 낭만을 이야기하며 술값으로 모두 탕진해 버렸다.
　내가 장가를 가고 현대자동차에 입사하여 고향에 가서 용돈을 드리면 절
대 받지를 않으셨다.
　너도 객지에서 자식새끼들 키우고 갈칠라면 돈을 아껴야 한다고 하시면
서 …
　그래서 나는 어머니 몰래 살강(부엌에 그릇을 쌓는 곳)에다 돈을 넣어놓
고 서울에 와서 전화를 드렸었다.
　어머니 살강 놋그릇에 용돈 넣어놓았으니 필요한데 쓰시라고 · ·
　어머니는 광에서 쌀을 퍼내는데도 원칙이 있었다 ·
　겐숙(가족의 전라도 방언)들의 맛있는 반찬거리와 자식들의 뒷바라지를
하기위해서만 쌀을 퍼 내셨다.
　아~~~~~~

시방도 어머니가 계신다면 고향에 가서 살강에다 어머니몰래 쌀 천가마니 정도의 용돈을 드리고 싶다.

그리고 전화를 드리리라.

"어머니 살강에 용돈을 조금 넣어 놓았으니 무겁게 쌀 퍼내지마시고 필요한데 쓰세요"라고…….

검정 고무신

　1972년 겨울이었다. 학교를 파하고 복박걸이를 지나 한들 논길을 지나올 때 나는 집에서 몰래 훔쳐온 남성성냥을 꺼내어 논두럭 잔디에 불을 살랐다.

　겨울이어서 춥기도하고 모처럼해보는 불장난에 우린 흠뻑 빠져들었다.

　잘 마른 노오란잔디는 바람을 타고 불춤을 추다가 평석이 아재네 집널 (추수가 끝나고 퇴비를 하기위해 쌓아논 볏단)으로 옮겨 붙었다.

　웃고 즐기며 불장난을 하던 우리는 잔뜩 긴장하여 불을 끄기 시작하였다. 강식이는 책가방을 휘두르며 안간힘을 썼고 나는 검정고무신을 신은 채 발로 불을 끄다가 나일론바지는 불에 눌어붙고 오른쪽 검정고무신은 불이 붙어 지푸라기 불구덩이 속으로 빨려 들어갔다.

　불은 우리가 수습할 단계를 넘어 버렸다.

　우리는 우리 마을로 도망을 쳤다.

　마을 어귀를 지나 앞또랑가에 도착하여 이마에 흐르는 땀을 닦는데 강식이가 울기 시작했다.

　새로산 책가방이 불에 눌어붙은 것이었다.

　나는 빨래비누로 빨면 원상으로 회복되니 걱정하지 말라고 강식이를 타이른 후 춘호네 집에 가서 작두샘물을 열심히 품어 빨래비누로 불에 눌어붙은 책가방을 빨았다. 그런데 불에 눌어붙은 책가방은 빨리지 않았다.

체념을 하고 정신을 채려보니 나는 왼쪽고무신만 신고 오른발은 맨발이었다.

추운 겨울인데 한쪽 신발만 신고 집으로 몰래 향했다.

엄마에게 발각되면 종아리에 피가나드락 얻어 터질게 뻔한 노릇이었다.

사랑방 마루아래를 샅샅이 뒤져보니 형이 신턴 왼쪽 찢어진 고무신이 있었다. 나는 몹시 기뻤다.

그렇게 얼마동안을 오른발에 찢어진 왼쪽 고무신을 신고 학교에 다녔다. 그리고 언젠가 어머니가 왜? 왼쪽신발만 두 다리에 신고 다니냐고 물으셨다. 나는 "뒷동산에서 칼싸움놀이하다 잃어버렸다" 고 얼버무리며 둘러댔다.

다음 장날 새 검정고무신을 사 주셨다.

새로운 검정고무신을 신은 나의 발바닥은 너무 편안했다. 지금은 어머니도 나의 동무 강식이도 하늘나라로 떠나버렸다.

내 나이 아홉살 때의 가슴아린 이야기다.

동동 구루무 장시

(구루무는 일본어로 크림이고 옛날에는 동동구루무장시가 박물장수 였다)

나는 법학을 전공했다 · 하지만 별도로 일본어를 공부하여 한 때는 일본
어단어를30,000단어까지 암기하여 통·번역이 가능하다.

내가 에세이 제목을 동동구루무 장시로 작명한거는 일본어를 몰라서가
아니라 우리 어머니가 나를 그렇게 불러주셨기 때문이다.

우리 어머니는 일제시대 만주에서 살다가 9살에 한국에 나오셨고 19살
에 17살인 우리 아부지와 결혼하셨다. 어머니는 어려운 일이 닥쳐도 아버
지보다 용감하고 대범하셨다.

내가 어릴 때부터 어머니는 내가 공무원이 되기를 바랬다. 하지만 나는
가난한 것이 정말 싫어서 부자가 되는 것이 꿈이었다.

국민학교2학년 때 1972년 부터 누구나 무상으로 나라에서 하루에 한 개
씩 제공하던 빵을 유상으로 바꾸었다. 한 달에 200원. 우리 학년 중에 (77
명) 7명 정도가 빵을 먹었다.

나는 엄마에게 나도 빵을 먹게 해 달라고 졸랐다.

"휴갑아! 빵을 먹는 애들은 기와집에 살고 우리 집은 초가집 이란다.
맵새가 황새를 따라가면 다리가 찢어져서 살 수가 없단다"
하고 말씀하셨다.

부모가 자식이 먹고 싶고 갖고싶은거를 사주지 못할 때
얼마나 속이 쓰리고 마음이 아팠을까?

우리 어머니는 평생토록 화장품을 사용하지 않으셨다. 한번은 박물장수
가 겨울에 손이틀 때 바르면 참말로 좋다고 해서 구루무(크림)을 샀다고
하셨다.

우리 할아버지는 밥에서 화장품냄새가 난다고 화를 내셨다고 한다. 그
후로 어머니는 화장품을 사용하지 않으셨고 겨울에 손등이 갈라져 피가
나시면 싱건지(동치미)국물을 떠다가 손을 담그면 갈라진 피부가 아문다
고 하셨다. 우리 어머니의 인생은 자신을 위한 인생이 아니라 시아버지와
남편과 오로지 자식을 위한 인생이었다.

우리시대의 어머니들이 다 그러했다. 나는 어머니의 뜨거운 사랑을 받고
자라나 이제 조그만 기와집을 마련했다.

하지만 내 곁에
당신은 없다!!

오이 서리

1973(열 살 때)년 초여름이었다.

순기, 순, 그리고 나 셋이서 복순이네 제각에서 놀다가 순기가 창덕암 가는 방죽골에 오이밭에 가면 오이를 배부르게 따먹을 수 있다고 가자고 했다. 비가 제법 내리는데 우산도 없이 고무신을 신고 산길을 한 이 삼십 분 올랐다.

방죽골 황토땅을 개간한 기자네 밭이었다.

고추, 들깨, 고구마 심은데를 지나 밭 모퉁이에 가니 제법 넓다란 오이넝쿨은 마른 나뭇가지에 덩쿨손을 말아가며 잘도 자라면서 사방간데가 오이가 주렁 주렁 열려 있었다.

우리는 난닝구 앞에다 한아름을 따서 보듬고 밭 모퉁이를 돌아서 나오는데 기자네 엄마가 "야~~~~도독놈새끼들아!!" 하고 고함을 질러댔다.

우리는 걸음아 나 살려라하고 뛰어서 단숨에 마을로 내려왔다.

그런데 그 날 우리 어머니는 돌빼기에서 평촌떡네 모를 하루 종일 심으셨는데 기자네 엄마가 모심은데 가서는 산동댁네 작은 아들이 우리집 밭에 와서 도둑질을 한 것을 보았다고 동네 방네 소문을 다 내버린 것이었다.

저녁끄름 어머니는 하루종일 모를 심으시고 오셔서 학독에 보리쌀을 갈고 쌀을 조리에 일으셔서 검정가마솥에 찰가리를 때어서 저녁밥을 하셨다.

초저녁 할아버지 사랑방에서 놀고 있는데 "희갑아 이리 나와바" 하시면서 나를 불러서 정제로 데리고 가셨다.

"야 , 이놈새꺄 동네 챙피해서 내가 살 수가 없다! 왜? 도둑질을 허고 댕기냐? " 하시면서 부지땡이를 들으시고는 종아리를 걷으라고 근엄하게 말씀하셨다.

태어나서 엄마에게 그렇게 얻어터지는 것은 난생처음이었다.

종아리에서 피가 흐르도록 아프고 고통이 심했다.

열 몇대 정도는 맞은거 같았다. 순간적으로 나는 삼십육계를 생각했다.

싸리문을 향해 마당을 질러 도망가는데 우리 엄마가 발걸음이 나보다 빨랐다. 이대로 도망가다간 다시 잡힐거 같았다. 순간 방향을 바꾸어 만수네 집 돌다무락을 뛰어넘으려다 넓적 감나무 중간까지 올라가서 커다란 나뭇가지에 찰싹 달라붙어 있었다.

어두운 밤이니 어머니는 나를   지를 못 하시고 추적을 멈추셨다.

"이놈새끼가 금세 어디로 도망간거야?" 하시면서 한참동안을 분을 삭히지를 못하시다 큰방으로 들어가셨다.

나는 아픈 종아리를 어린 손으로 쓰다듬으며 오랫동안 나무에서 숨죽이고 있다가 사랑방에 가서 든든한 할아버지 곁에서 잠들었다.

그 다음 날 아침 어머니는 밭에서 뽑아온 상추겉절이와 쌀 뜸물을 받아 하지감자를 삐져넣고 된장을 풀어 맛있는 아욱국을 끓이셨다.

그리고는 아무 말씀도 하지 않으셨다.

　대학 때인가 여름방학 때 어머니와 이 이야기를 나누다가 너 그 때 어디로 도망갔냐고 물으셨다.

　"엄마, 나 그 때 감나무 가지에 찰싹 달라붙어서 오랫동안 있었어"라고 하니 어머니는 한참을 웃으셨다.

　초여름이 되니 그 때의 일들이 문득 생각난다.

　시방도 어머니가 곁에 계신다면 사랑하는 어머니에게 종아리를 백대를 맞아도 하나도 안 아프겠다!

지나간 날의 수채화

1977년 삼 월 난 산동면에서 부절국민학교를 졸업하고 검정교복을 입고 남원중학교에 입학했다. 엄마와 나는 새벽첫차를 타고 도통리 자취방에 어머니가 머리에 이고오신 쌀·일주일치반찬을 두고 학교에 가서 입학식을 하였다.

학교가 파하고 자취방에 오니 어머니는 검정연탄을 200장을 부엌에 쟁여놓고 고향으로 가셨다. 그렇게 난 열 네살에 연탄불에 밥을 해먹으며 도시락을 손수 싸서 학교를 다녔다.

일주일치 식량 쌀 두되, 친구도 두되 그 식량으로 살아야 했다·연탄에 아침밥 당번은 언제나 나였다. 어머니가 사주신 양은밥솥에 밥을 한가득 하여 스테인리스 밥그릇에 고봉으로 밥을 퍼담아 시어빠진 김치에 밥을 먹어도 그 때는 그 맛이 꿀맛이었다. 친구와 난 도시락을 반절만 먹고 학교에 가져갈 도시락마저 다 까먹고 도시락을 굶던 충중에도 아이스케키를 배터지게 먹어보자고 쌀을 아끼기 시작했다.

배가 고파도 쌀을 아끼고 아껴 4~5kg은 모아서 님들이 보면 소문날까봐 친구와 난 조심스럽게 쌀집에 쌀을 넘기고 1,500원을 받았다. 그리고 도통리 꼽싸아저씨 전빵으로 가서 하드를 50개를 샀다(한 개에30원) 친구와 난 20개씩을 먹다가 난 포기했다. 내 친구는 아깝다고 마져 남은것을 다 먹었다/그리고 친구는 그 다음날부터 배 아랫녘에 설사병이 나서 몇 일동안 소낙비가 사정없이 내렸다.

그렇게 난 중학교를 졸업하고 성원고를 다니면서도 연탄불에 여름이면 석유곤로에 밥을 해서 도시락을 손수 싸야했다. 내가 좋아했던 국어 · 지리 · 역사책 언저리에는 도시락반찬 김치몰국이 새서 벌겋게 물이 들어 있었다. 그러다 난 훌륭한 사람이 되기위해 대학을 가야했다.

또 자취를 해야했다. 군대제대 후 두달동안 사모래 · 벽돌을 나르며 노가대 한 돈으로 폼나는 배낭을 사서 그 때부터는 고향집을 한 달에 한 번씩 식량을 가지러 가야 했다. 아마 어느 봄날이었다. 어머니는 내가 떠나가는 차부까지 나를 바래다 주신다 하시며 쌀 반가마니를 버스에 실으셨다. 동네 아주머니들끼리 수다를 떠셨다.

난 그 때 왜 그렇게 쪽 팔렸을까? 난 철이들어 어머님의 그 호탕한 웃음의 이유를 깨달음을 얻기까지 너무 시간이 오래 걸렸다 · (지난주에도 남원에 가서 어머니산소 언저리에 봄이면 꽃 실컷 보시라고 복사 꽃나무 · 자두 꽃나무 심고 왔다 · 시방은 왜 살아야 하느냐가 문제가 아니다 · 온 세상이 역병이 들어 떠나간 사람은 떠나가고 살아남은 사람은 어떻게든 살아 남아야 하는게 작금의 현실이다.

우린 1970년대도 멋지게 살아왔다. 코로나의 긴 터널도 곧 지나가리라!!)

방죽골

　우리동네 작은 암자를 가는 곳에 방죽골이 있다. 초등학교 6학년 때였
다. 귀여운 여동생 옥녀와 양은 바께쓰와 세수대야를 들고 방죽골 추수가
끝난 수렁논으로 향했다. 괭이로 수렁을 파면서 물을 품어내기 시작했다.
　수렁이 늦가을이 되면 요상하게 물이 따뜻해지는 것이었다. 그 곳 깊은
곳에 누우런 미꾸라지들이 바글바글 모여 있었다.
　여동생과 나는 앞짱개를 걷어 제끼고 오감하게 미꾸라지를 잡고 또 잡았
다. 커다란 세숫대야에 가득찰 때까지⋯⋯ 옷이 다 젖어서 해거름 판이되
니 한기를 느꼈다. 산길을 내려 오는데 응달진 산삐아다기 토란밭에서 우
리엄마는 토란을 캐고 계셨다.
　엄마가 우리가 잡은 미꾸라지를 보고 깜짝 놀라시며 "참말로 기특하
다!" 하시며 칭찬을 계속 해주셨다.
　우리동네는 섬진강 상류쯤에 있어서 물고기가 많았다. 나는 어렸을 때부터
고기잡는 것을 잘했다. 메기 · 빠가사리 · 뱀장어 · 참게 · 민물새비(새우)⋯⋯
　그날 저녁 화덕에 미꾸리지를 푹푹 삶은 후 체로 쳐내서 뼈다귀를 추려
내고 씰가리(무우잎 말린것) 도 넣었다. 들깨를 박바가지에 퍼다가 학독
(돌을 파서 만든 요리기구)에 득득 갈아서 넣으셨다. 아~~
　기가막히게 맛난 추어탕!! 이렇게 가을이 깊어가면 어머니가 끓여주시던
그 추어탕이 먹고싶다!

제1부　유년의추억 ━ 32 · 33

섬진강 메기잡이

내가 7~8살 때는 강과 냇가와 또랑에 물고기가 많았다.도랑을 막으면 가재가 돌틈사이에서 북북기어 나왔다.

대나무 소쿠리로 한가득 주워 담아 오면 어머니는 간장에 쫄여서 가재졸임을 해 주셨다 · 가재는 익으면서 등살과 다리 · 집게가 빨갛게 변해서 먹음직스러웠다 ·

봄이면 우리 논두럭 도랑에 새우가 한가득 헤엄쳐 놀았다. 나는 옥녀여 동생과 커다란 대나무 소쿠리로 *새비(새우)를 떠서 잡았다.

요즘은 귀하디 귀해서 몸값이 비싼 토하였다.

어머니는 그 새비(새우)를 햇볕에 말리어 장독대안에 보관하셨다가 요즘 처럼 가을 찬바람이 불면 무우를 삐져넣어서 빨간 새우국을 끓여주셨다.

그 새우국물은 아주 시원스럽게 맛이 좋았다 ·

나는 유난히 고기잡는 것을 좋아했다 · 피래미 · 버들치 · 붕어 · 빠가사 리 · 동자개 · 불뭉탱이 · 뗑사리 · 게 · 메기 · 뱀장어…

커가면서 작은 고기는 잡지를 않았다.

1977년 여름이었다. 장마가 와서 섬진강물이 엄청 많이 흐르고 있었다. 장마철이 되어 강에 물이 많으면 강에 있던 물고기가 농수로 이용되던 도 랑으로 피난을 왔다.

우리형과 순재형 너댓명이서 강에서 농수로 흐르던 입구를 돌로 막기시작했다. 물은 턱밑까지 차올라 물살이 거세기만했다.

　큰 돌로 쌓고 또 쌓은 다음 못자리하는 비닐을 치니도랑은 물이 흐르기를 멈추고 커다란 고기들이 등지느러미만 내놓고 능실 능실 돌아다니기 시작했다. 순재성네 논가에 백 년묵은 소나무 아래에 큰 바위가 있었다.

　그 곳은 바위가 움푹하게 파여서 커다란 물 웅덩이가 있었다. 그 곳을 우리는 메기굴이라고 불렀다.

　도랑물이 쫙~ 빠지고 우리는 메기를 잡기시작했다. 검정양동이로 두 양동이를 잡았다. 힘들게 메기를 들고 기진맥진해서 집에 들고오니 우리 어머니는 함빡 웃으시며 칭찬을 해 주셨다.

　배를 딴 후 커다란 양은솥에 메기를 넣고 장작을 지펴서 몇 시간이고 끓인다음 메기를 바가지로 푸신다음 가느다란 체로 뼈다귀를 걸러내시고 고기살만 고르기 시작했다.

　된장을 풀고 들깨가루를 맷돌에 갈고 그곳에 말린 토란대 · 무우 씨래기 · 풋고추 · 다진마늘 파 · 젠피가루 …… 그 때 먹었던 메기탕은 구수하고 고소하며 이 세상 어느 진미보다 멋진 요리였었던 것 같다.

　나는 요즘도 TV에서 참치잡이 원양어선을 보다가 시간과 여유가 있다면 무 보수로 딱 6개월만 배를 타는 꿈을 꾼다 · 아마도 내 몸에는 생존을 위해 악착스레 채집하던 원시인의 피가 흐르고 있는 것 같다.

어머니와 반창고

어머니는 왼손잡이셨다. 낫질, 호미질도 왼손만 사용하셨다.

소 풀을 벨 때 범벅 길고 넓은 논두렁 가시덩쿨을 용감하게 일주일이고 열흘이고 혼자서 깎으셨다.

목화밭에 밭을 맬 때 가끔 독사가 나타나면 기겁을 하시고 희갑아~~ 하고 소리를 질렀다.

내가 열 살 때쯤이었지만 나는 꼴에 사내라고 버드나무가지를 재빨리 꺾어 독사가 하얀 *뱃대지를 하늘로 내밀며 꼬랑지를 사시나무 떨듯 파르르 떨 때까지 때려서 죽였다.

어머니는 그래도 "션찮하다"고 불에 태워서 죽이라고 하셨다. 하도 손을 많이 쓰셔서 오른손은 성할날이 없었다. 그래서 손가락엔 늘 반창고를 말고 계셨다 ·

고등학교 때인가 남원에서 산동집에 오니 어머니는 오른쪽 가운데 손가락을 반창고로 칭칭 감싸고 계셨다.

어머니에게 자초지종을 여쭈어보니 범벅 들에갔다. 리어커를 끌고 앞에는 염소를 앞장세우고 오다가 염소가 갑자기 오두방정을 떨면서 뛰는 바람에 어머니는 리어카가 앞으로 꼬꾸라지면서 넘어지셔서 손가락이 다치셨다고 하셨다.

나는 화가나서 헛간에 매놓은 염소새끼를 지게작대기로 팼다.

어머니는 "그만하라"고 하셨다.

"말 못하는 짐승이라고 때리면 죄받는다"고 하시면서 …

지금 같으면 병원에 가서 바로 수술하고 기부스하면 정상으로돌아올건데…

어머니는 그후로 가운데 손가락이 꾸부정하게 굽어져 버렸다.

논이나 밭에서 함께 일하다 갑자기 비가내려 집에 가자고 하면 살까죽에 비 한 방울도 안 들어가니 걱정 말고 하던 일 마저하자고 태연스럽게 말씀하시던 어머니였다.

가을이면 넓적감 홍시한 접(110개 · 40kg정도)을 다라에 이고 한 번도 안 쉬고 16km를 걸어서 남원읍내까지 가셨다.

어머니는 나의 학비를 대기위해 머슴처럼 쉬지 않고 일을 두려워하지 않으셨다.

그래도 꽃을 좋아했던 어머니는 집안에 복숭아 꽃 · 흑자두 꽃 · 매화꽃 · 포도 꽃이 피는 것을 좋아하셨다.

안집에 살 때는 사랑방 넘어에 화단을 만들어 채송화 · 봉숭아 · 나리 · 맨드라미 · 분꽃 · 칸나 · 다알리아 꽃밭엔 늘 꽃이 피어있었다.

오늘도 회사에서 일하다 손가락을 다쳐 반창고를 바르다보니 문득 돌아가신 어머니가 보고 싶다. 사람은 누구나 한 번 태어나면 가야 한다. 하지만 만주에서 살다 한국에 오신 어머니는 누구보다 투철하게 살다가 가셨다. 내가 지금 이렇게 살아가는 밑바닥엔 어머니의 철학이 배여 있는 것 같다.

아~!

어머니가 그리운 봄 밤이다!

* 뱃대지 : 배의 전라도 방언

검정 돼지

안집 초가집에 살 때였다. 싸립문 앞에 있는 똘감나무에 하얀 감꽃이 피어 골목길에 바람이 불때마다 떨어져 수북히 쌓여 있었다.

열시도 안 되었는데 검정고무신을 신은 우리 형이 학교에서 겨왔다.

"엄마 육성회비 안 낸 사람들 전부 가지고 오래요?

하고 어머니에게 말했다.

어머니는 봄에 *댜지새끼를 아홉 마리 낳아서 잘 크고 있으니까 *댜지새끼 팔면 늬꺼랑 여동생것 육성회비 낸다고 형을 타일러서 보냈다.

그 해 봄 나는 큰 방 문앞 화단에 작년 할머니제사에 먹고난 수박씨를 심었다.

수박은 점점 자라서 에법 동그랗게 커가고 있었다.

어느날 학교를 갔다오니 돼지가 돼지마구를 부수고 나와서 수박밭을 다 헤베파고 수박도 잘근잘근 씹어서 다 먹어버린 것이었다.

나는 지계작대기를 가지고 댜지 마구로 향했다.

부애가 나서 돼지를 수십대를 때렸다.

돼지는 꽥!! 꽥!! 하면서 억울하게 울어댔다.

그 다음날 어머니는 나에게 오십환짜리 지폐를 두어장주시며 아랫마을에 가서 돼지를 데피고 (데피다~동물을 교접을 시키는 일)오라고 하셨다.

우리집 암퇘지가 상내(발정기 · 교임시기)가 난 것이었다.

돼지도 그렇고 소도그렇고 상내가 나면 밥도안묵고 마구도 부숴버리고 괜히 얄은 구시도 받아버리고 난리가 아니었다.

나와 여동생은 아주 예민한 돼지를 데리고 아랫마을까지 가는데 두어시간도 더 걸렸다.

사정다리를 건너 준태네 집에 도착하니 어깨가 떡 벌어지고 조롱박보다 커다란 붕알이 축~~늘어진 힘좋게 생긴 숫돼지가 개거품을 내뿜으며 씩씩대고 있었다. 그리고 순식간에 행복한 교접이 끝났다.

아랫마을에 올 때 아무리 나무때기로 떼려패도 말도 안듣던 껌정돼지는 나와 여동생을 내팽기치고 우리마을로 쏜살같이 달려가 버렸다.

난 돼지를 잃어버린줄 알고 은근히 걱정이 되었다.

그리고 집에 도착해보니 껌정돼지는 돼지마구 폭신한 지푸라기속에서 새끈 새끈 잠이들어 있었다.

그토록 화를내고 사납던 우리돼지~

돼지침을 질질~~흘리며 온순하고 흐뭇하게 잠을자던 똥돼지 녀석…

사람이나 동물이나 교접의 마법이 얼마나 놀라운것인지 깨닫는데는 오랜시간이 걸렸던것같다. 해마다 새끼를 낳아 우리 형제들의 육성회비를 마련해준 그 검정돼지 …

그 고마운 검정돼지를 기르던 1970년대가 주마등불빛처럼 어른거린다.

하얀백구

이 이야기는 은영이네 아빠가 초등학교 2학년 때의 일입니다.

그날도 남들보다 일찍 눈을 뜬 희갑이는 해때(대나무 옷걸이)에서 옷을 주워 입고 먼동이 트기만을 기다리고 있었습니다.

사랑방에서는 할아버지와 순몰할아버지가 곤히 주무시고 계셨습니다.

희갑은 싸립문을 나서서 숯꾼 양지로 걸어갔습니다. 그곳에는 몇 일전부터 산비탈에 잘 익은 밤나무가 있었는데 그는 누구보다 먼저 그곳에 가서 밤을 먼저 줍기 위해 일찍 일어난 것입니다.

풀 더미 속에, 진달래 꽃 나뭇가지에 잘 익은 알밤이 간밤에 불어댄 바람 때문에 군데군데 널어져 있었습니다.

그는 밤을 엄마가 만들어 주신 조만치[헌 옷을 가위로 잘라서 만든 밤 주머니]에 가득히 채워서 집에 돌아왔습니다.

엄마가 "언제 일어나서 그렇게 밤을 많이 주워 왔니?" 하고 칭찬을 하셨습니다.

그날도 학교는 5애향단 66명이 마을 앞에 모여서 군가를 부르며 복밭거리를 지나서 학교에 갔습니다.

수업이 끝나고 학교에서 돌아왔습니다.

엄마, 아빠에게 강아지 한 마리만 사 달라고 졸랐는데 사 주시지 않았습니다. 그래서 할아버지에게 강아지를 사 달라고 졸랐습니다. 그런데 그토록 희갑이가 원하던 소원이 이루어졌습니다.

할아버지가 멀리 장수에 소 사러 가셔서 강아지를 소 키운 집에서 억지로 사오셨습니다. 이 강아지의 엄마는 멀리 남쪽 섬이 고향이라고 하셨습니다. 강아지가 첫배이고 너무 귀여워서 주인이 팔지 않으려 했습니다.

그런데 할아버지는 우리 귀여운 손주에게 선물을 해야 하니 부디 팔라고 하셔서 사 오신 것입니다.

희갑은 온 세상을 가진 것처럼 뛸 듯이 기쁘고 하늘로 날아갈 것 같았습니다. 그 강아지는 새털처럼 보드랍고 솜털처럼 폭신한 하얀 털에 눈빛은 얼음에 태양빛이 빛나는 것처럼 반짝 반짝거렸습니다. 옥녀동생과 남옥이 누나도 좋아하였습니다.

세 명은 이름을 뭘로 지을까 하고 이궁리 저궁리 하였습니다. 남옥이 누나는 무섭게 부루도꾸(불독)라고 하고 옥녀는 눈이 이쁘니까 샛별이 라고 부르자고 했습니다. 희갑은 바위처럼 단단하고 용감하라고 "바우"라고 부르자고 했습니다. 그런데 엄마께서 털이 하야니까 "백구"라로 부르자고 해서 모두 찬성을 하였습니다.

이제 희갑이네는 강아지 한 마리, 암소 한 마리, 황소 한 마리, 돼지 한 마리, 토끼가 15~20마리가 되었습니다. 토끼는 굴속에 살며 좀처럼 밖으로 나오지 않아서 숫자를 정확히 셀 수가 없었습니다. 그리고 장태 (닭 키우는 우리)에는 닭들이 열일곱 마리가 있었습니다. 소를 키우는 것은 힘들었습니다. 소들이 워낙 여물을 많이 먹고 똥오줌을 하도 많이 싸서 하루라도 소마구를 청소하지 않으면 소 엉덩이가 완전히 똥이 더덕더덕 붙어서 오래되면 털에 엉겨 붙어서 떨어지지도 않았습니다. 소 당번은 아빠, 토끼 당번은 희갑, 돼지 당번은 엄마, 닭은 누나 이렇게 정해져 있었습니다.

오늘도 희갑은 학교에서 돌아와 방에서 숙제를 하고 있는데 꼬꼬댁 꼬꼬 꼬꼬댁 꼬꼬 하고 닭이 울었습니다. 암탉이 알을 낳은 것입니다. 소 마구간 위 지푸라기 더미를 살펴보니 이제 막 낳은 뜨뜻한 알이 있었습니다. 희갑은 늘 해본 솜씨로 어금니로 알 위 부분을 톡톡 깬 다음 쭈욱 마셨습니다.

" 음, 구수하고 맛있구나?"

그런데 그 때 백구가 희갑을 쫄쫄 따라 다니는 게 아닙니까? 아 맞아, 나의 졸병이 하나 생겼는데 깜박 잊고 있었군...

"백구, 이리와."

하고 부르자 졸래졸래 잘 따라 왔습니다.

희갑은 내친 김에 뒷동산으로 가서 훈련을 지키기로 하고 뒷동산 높은 데 까지 오르는데 오르는 거는 백구가 더 잘 올라갔습니다. 산골짜기 여기저기를 다니다가 뛰어서 내려오는데 백구는 앞발이 작아서 땅바닥에 여러 번 코를 박아 댔지만 용감해지라고 희갑은 모르는 체 하였습니다.

가을 추수가 끝나고, 마을 사람들은 품앗이로 이엉을 이어 초가지붕을 새로 단장을 하였습니다. 이제 겨울 방학이 되었습니다. 밤새 하얀 눈이 소복히 쌓여 무릎에 닿을 만큼 왔습니다. 새벽녘 장태에서 꼬꼬댁 꼬꼬 꼬 꼬댁 꼬꼬 하고 급하게 날개 짓는 소리에 온 식구들이 눈을 떴습니다. 제일 먼저 엄마가 장태에 가보니 눈 위에 족제비 발자국이 있고 닭털이 군데군데 떨어져 있었습니다. 이번 할아버지 생신에 잡으려고 애쓰게 키운 암탉 한 마리를 족제비가 물고 눈 속으로 사라진 것입니다.

아버지는 "이 싸가진 없는 놈, 잡히기만 해 봐라. 껍질을 확 벗겨 버릴 테다."

하고 화를 내셨습니다.

그 뒤로 희갑은 백구를 데리고 다니면서 족제비 잡는 법을 훈련 시켰습니다. 명태 대가리를 실로 묶어서 휙 멀리 던지면 백구는 사정없이 달려가서 물고 또 물고하는 훈련이었습니다.

그 뒤 한 열흘이 지났는데 라디오에서 밤새 또 눈이 온다고 했습니다. 한번 닭고기 맛을 본 족제비는 다시 닭을 잡아먹기 위해 나타난다고 할아버지가 말씀하셨습니다.

평소에는 백구를 묶어서 재웠는데 오늘 밤에는 묶지 않고 장태 옆에서 자라고 개집을 임시로 만들어 주었습니다. 밤새 눈이 바람도 없이 소복히 소복히 쌓이고 있었습니다.

　백구는 꾸벅 꾸벅 졸면서 꿈을 꾸고 있었습니다. 낮에 훈련하면서 핥은 비릿한 명태 맛에 취해서 개침을 질질 흘리면서 명태를 통째로 아그작 아그작 씹어 먹는 꿈이었습니다.

　백구는 너무 행복했습니다.

　그 때였습니다. 백구 귀전에 무엇인가 스그락 스그락 하는 소리가 들려왔습니다. 백구는 눈을 번쩍 떴습니다. 망을 보고 있던 장닭은 꼬꼬댁 꼬꼬 꼬꼬댁 꼬꼬 하고 날개 짓하면서 소리를 질러 댔습니다.

　백구는 장태 속으로 들어가려고 하는 족제비의 대가리를 본능적으로 콱 물었습니다.

　"....깩깩 " 하면서 족제비는 울부짖었습니다. 그러나 백구는 더 세게 송곳니로 족제비의 숨통을 조였습니다. 결국 족제비는 숨을 쉬지 못했습니다. 배가 아파서 일찍 이층 화장실에 똥 누러 가던 옥녀가 " 엄마, 빨리 일어나보세요?" 하고 고함을 질렀습니다.

　온 식구들이 장태로 모였습니다.

　닭을 몰래 잡아먹던 그 도둑 족제비 놈은 백구에게 물려서 죽어 있었습니다.

　할아버지, 엄마, 아빠는 기뻐서 어쩔 줄 몰라 하시며 백구를 쓰다듬어 주시고 엄마는 뽀뽀도 해 주었습니다. 누나와 옥녀는 앞다리 뒷다리를 잡고 그네처럼 흔들흔들 하늘 높이 한참 동안 흔들어 주었습니다. 백구도 즐겁다는 듯이 낑낑 대면서 가볍게 짖어댔습니다.

　아침 식사가 끝난 후 아버지는 약속대로 족제비의 껍질을 대가리부터 쫘악 벗겨서 새끼로 묶어서 음지에 말렸습니다. 그번 장에 할아버지는 백구가 제일 좋아하는 명태 대가리를 아홉 개나 사 오셨습니다. 그리고 한 달여가 지날 쯤에 털 장사가 동네에 와서 말려 놓은 족제비 털을 2400원이나 주고 사 갔습니다.

　어머니는 그 돈으로 누나와 희갑, 옥녀의 고무신을 새로 사 주셨습니다.

남은 돈으로는 독사탕도 한 봉지 사오셨습니다. 희갑은 새로 산 고무신을 신고 백구와 함께 골목길을 지나 들판으로 달려가고 있었습니다.

(제가 마흔살에 초등학교다니는 우리 딸을위해 쓴 글입니다. 제 원래 이름은 희갑입니다. 우리가 살면서 동심을 품고 사는것은 여유고 행복입니다)

우리 아부지는 소장수다

5대독자 아들로 태어나신 아부지는 열 살도 되기전에 어머님을 여의셨다. 소장사를 하시던 할아버지가 우리 아부지를 키우셨다고 한다. 행여 손이 끈길까바 17살에 두 살 연상의 여인과 결혼을 하셨다고 한다. 울엄마 이야기에 의하면 결혼해서 오시니 우리 증조할아버지가 화로에 밤·계란을 꾸어주시면 숫꾸락으로 받아서 먹는 애기였다고 한다. 우리 형님을 19살에 낳으시고 울아부지는 강원도에서 군대 취사반에서 근무도 하셨다고 한다. 내가 국민학교 6학년때부터 소장사를 시작하셨다. 1976년~~ 나는 소가 싫었다. 남원 장날마다 소를 대여섯마리가 묵을 풀을 나와 여동생 누나는 베야 했다. 저녁 야달시부터 새복한 시까지 우리는 번갈아가면서 소죽을 끼레야 했다. 소죽을 빵빵이 멕이고 읍내 소전에 가야 서울 소장시들이 비싸게 사간다고 하셨다.

난 그렇게 왜 소중한지를 몰랐다. 남중을 졸업하는 해에 범벌 하천 논을 정부에서 사면서 그해 가실에 쌀을 200가마니를 챙기셨다. 난 전주로 고등학교 가는것을 포기하고 그 당시에 잘나가던 성원고에 입학했다. 자유로운 영혼이었던 나는 입학도 하기전에 일주일간 박철곤 교련선생. 딴또가 나의 영혼에 모기약을 뿌리는 느낌이 왔다. 1학년 1반 김영철 선생이 담임이셨다. 체육대회 하는날 담임과 이과 어느 선생과 싸대기를 날리며 싸웠다. 완전 아사리판의 선생들에게 멀 배우기도 싫었다. 요맘때쯤 춘향

제 가장행열 연습을 일주일이나 했는데... 행사가 갑자기 취소되었다. 낭중에 안일인데 그것이 광주 사태였다.

　난 성원고 다니면서 같은 학년 배틀 친구들에게 얻어 터지고 댕겼다. 그래서 나의 책가방엔 시집, 소설책만 넣어서 학교에 댕겼다. 등록금 28,700원을 가지고 나는 여행을 떠났다. 함양.진주.부산…. 나는 검정고시를 준비하기로 했다. 유복희 담임선생님이 연락을 하셔서 우리 아부지한테 걸렸다. 나는 죽을 각오를 했다. 그런데 우리 아부지는 아가 공부를 헌집에 헤야지 왜그래싼냐? 하시면서 나의 애처러운 영혼을 뜨겁게 안아 주셨다. 그런 총중에 나는 댐배를 피우기 시작했다. 하루는 도통리 자취방에서 편안히 뻐끔댐배를 피우는데 울 아부지가 남원소전에 오셨다가 계란을 두판을 사서 오셨다. 완전히 딱 !!!? 걸려 부렀다. 아부지는 아무말도 없이 가셨다. 늦가을 이었을 것이다. 나는 산동집에 식량과 반찬을 가질러 갔다. 어머니가 담아논 김치와 쌀을 막차가 떠나는 동네 정류장까지 아부지가 들고 걸음을 함께 하셨다. 그러시고는 막차가 오기전 우리 아부지는 나에게 담배 독헌거 피우지 말고 좋은거 피우라고 담배값을 주셨다.

　그리고 고등학교를 졸업하고 나는 재수, 삼수를 하였다. 펜안허고 대학을 세군데나 옮겨 다니고 험서 당구, 제주도여행, 볼링 해보고 싶은 건 다 해보도록 나에게 돈을 주셨다.

　우리 아들이 시방 대학교 4학년인데 나처럼 한다면 떼레죽여 버렸을랑가도 모른다. 군대를 제대하고 대학 4학년 때 난 갑자기 내 인생철학에 혼돈이 왔다. 교과서대로 배운 훌륭한 사람이 과연 무엇인가? 난 고민하다 일본 유학을 결심했다. 울 아부지는 가라고 하셨다. 난 그렇게 아부지의 사랑을 받으면서도 소장수라는 우리 아부지가 싫었다.

　장가를 가고 나도 자식을 낳고 키우면서 우리 아부지가 얼마나 멋진 아부라는 걸 알았다. 어버이날을 맞이해서 남원에 갔다 왔다. 내 인생의 커다란 바우덩어리. 내 인생의 든든한 버팀목인 동네 수백년 묵은 느티나무같은 우리 아부지. 사랑하는 당신은 소장수이시다.

　시방도 남원 장날에 항상 250cc 오토바이를 타고 소전에 나가신다. 우리는 살면서 자신에게 정말 소중한거. 소중한 사람을 모르고 사는거 같다.
어버이 날쯤엔 청나라에 출장을 가야해서 미리 고향에 댕겨 왔다. 요새 산
에 나무를 많이 팔아서 서울 아들 댜지 한마리 잡아 주신다고 내려 오라고
하셨다.

　나는 울 엄마.아부지하고 옛날 이야기를 많이하다 많이 웃고 맛난 찌
게.된장국도 끓여 드리고 왔다. 서울에 와서 정구지에 오징어 넣고 전을
부쳐서 맥주를 몇 병까다 봉개 눈물이 난다. 우리 멋진 아부지를 생각하니
까. 그래 우리 아부지는 누가 뭐래 남원 산동 소장수이시다.

제 **2**부
설레는 봄, 그리고 어머니

4월이 오면

내 인생에 4월이 오면
하던 쟁기질도 내팽개치고
소 마굿간 두엄안에 묻어 놓은
버끔(거품)이 뽀골 뽀골 올라오는 더덕주를
*도가지 채로 들고
*사방간데서 꽃피어나는
4월 강가로 가리다

멀리있는 내 단짝 친구를 불러
돌미나리 전을 붙여서
배가 터지도록 마시며
봄 하늘에 떠 있는 종달새처럼
떠들 것이다.

우리 생에 꽃피는 4월은
몇 번이나 오고
4월이 와도 몸이 *션찮으면
명주가 있어도 무슨 소용이고

좋은 벗이 없으면 술잔은
얼마나 외로울까?

4월은
살아있는 모든것들의
축복의 계절이다.

꽉 닫힌 마음의 문
돌쪼구(문을 지탱해주는 쇠붙이)를
*빠루로 재껴버리고
내 좋은 사람들과 생을 즐겨야 할 때이다
4월이 가기 전에…

* 도가지 : '독'의 전라도 방언
* 사방간데서 : '여러군데에서'의 전라도 방언
* 션찮으면 : '시원하지 않으면'의 전라도 방언
* 빠루로 : 끝이 구부러져 있으며, 갈라진 틈에 못 머리를 끼워 지레의 원리로 못을 뽑을
        수 있는 공구를 말한다

중국인 친구 라수래이와 한국의 실정

중국 4000만 공무원 중 제일 머리 좋은 사람 리수레이 친구가 있다. 1964년생이고, 나하고 동갑이다. 서울대보다 머리가 열배는 좋아야 합격할 수 있는 아시아의 수재들만 갈 수 있는 베이징대를 14세에 합격하였다한다. 중국의 황제 시진핑을 주석으로 만든 사람 즉 그는 소위 말하는 '킹메이커' 인 셈이다.

우린 왜 그런 참모가 없을까? 하는 생각을 해본다.

우병우란 소보다 못한 놈은 서울대 22살에 사법고시 패스해서 처가집 똥이나 치우고 있고, 순실이는 뽕(마약)에 취해서 영계나 따먹으면서 말도되지 않는 연설문을 고쳐주는 일을 하고 있다.

고영택은 순실이 똥구멍에 소화 덜 된 콩나물 대가리나 쌩으로 삼킬라하니 그거 참 기가 막혀서 말이 안 나온다.

리수레이는 지금도 중국 인민을 통치하고 있는 시진핑의 연설문을 끄적기레(써준다고) 한다. 진정 나라를 걱정하고 발전시킬 진정한 영웅이 필요한 시기인거 같다.

중국의 일화

봄비는 내리고 어머니는 시집을 간다. 옛날 중국에 어떤 놈이 있었는데 아부지는 일찍 돌아가시고 엄마가 쎄빠지게 갈쳐서 과거에 급제하여 황제가 어머님께 상을 내려 꽹과리, 북·징을 치고 500명 쫄다구를 데리고 말타고 고향을 갔더니 "아가, 나는 너한테 헐만큼 했다. 인자 시집을 갈란다." 하고 말씀을 하시니 기가 맥힐 노릇이다.

결국 어머니와 저녁내내 자기 의견을 이야기하다 "아가 내기를 허자. 내일 내가 쌓아논 빨래를 하여 빨래줄에 널어서 놓고 만약 비가 내리면 시집을 가겠다"고 하여

그 담날 빨래를 하여 뙤약볕에 빨래를 널어 잘 마르고 있는데 ,느닷없이 푹우가 내리니 참 엄마편도 못들고 황제한테 가서 헐말도 없고 난감하던 차에 맥없이 황궁에 도착하여 황제한테 엎드려 "소신을 죽여 주시옵소서" 하고 읇소하니 황제는 뜨거운 차가 식을 때까지 아무말도 없다가 "그대의 어머니가 당신을 가르친 스승과 결혼을 헌다하니 내가 열녀에게 내린 황금 오백냥은 없던 일로 하고 그대를 용서하노라!" 그리 말씀하셨다 한다.

인생을 살다보면 자신의 의지대로 안되는 일이 많다고 한다. 아번 어버이 날을 즈음하여 삼 박 사일동안 남원에 갔다와서 난 곡차를 마시며 고향

에 계신 부모님을 그리워 하며 망향의 글을 쓴다.

올 해가 팔 순인 나의 어머니. 나의 어머니가 살아계심이 행복이요, 뇌출혈에 두 번 쓰러지셔서 의식을 한 달 이상 잃으시고나서도 나를 알아보심이 행복이라.

비내리고 울 엄마가 시집간다는 것은 행복한 일이니 울 필요도 없다.

이리 살다가 서산의 산촌초목이 부르면 가야하는게 인생이라고 울 엄마는 말씀하셨다.

우린 생을 살면서 선비처럼 의연하게 살다 바람처럼 가야하는게 삶이 이유다.

신은 아무 곳에나 존재할 수가 없어 어머니를 만들었다고 한다.

라오스 여행

라오스 비엔티엔 · 루앙프라방 · 방비엥에 여행중이다. 방비엥은 라오스 수도 비엔티안에서 북쪽으로 약 160Km 떨어진 곳에 위치한 작은 마을(도시)이다. 중국의 계림과 비교될 정도로 아름다운 곳이라 라오스 여행 최고 명소로 알려져 있다.

한국 여행자 분들의 라오스 여행 코스에 루앙프라방은 빠지더라도 방비엥은 빠지지 않을 정도로 많은 인기를 받고 있지만, 200Km도 안되는 거리를 차량으로 4시간 이상 이동을 해야 하고, 도로 여건도 좋지 않아 항시 사고 위험도 높아 이동 시 불편한 점이 많다고 한다.

하지만 비엔티안-방비엥 고속도로 (2020.12.)와 라오스 중국 철도 (2021.12.)가 개통 되면서 고속도로를 이용할 경우 90분, 기차를 이용하면 60분이면 갈 수 있게 되었다.

방비엥은 여러 가지 액티비티를 즐기기에도 참 좋은 여건을 가지고 있다. 방비엥은 경치가 수려하고, 강에서 즐기는 카약 타기, 2인용 모터보트, 7번 외줄에 매달려 산을 내려 오르는 집라인이 재미 있었다. 내가 경험한 바로는.

자연은 정말 아름다운데, 음식은 조심해야한다. 비위생적이고 날씨가 덥고 습하기 때문에 배탈이 날 우려도 있다.

　방비앵에 가면 '사쿠라 클럽'에 가서 다국적 미녀들과 상남자 앞 무대에 올라 귀를 찌르는 음악에 맞추어 춤도 추어보는 것도 색다른 경험이 될 것이다.

　방비앵에는 북한 평양식당도 있다.

　한 번 방문하는 것도 고려해 볼만 하다. 근데 평양냉면이고, 북한 요리고, 모두 우리가 먹기엔 그저 밍밍하기만 하다.

베트남 하노이 출장

베트남 하노이에 온 것은 여행이 아니라 나름 비즈니스적인 출장이다. 출장을 와서 오자마자 꽤 오랜 시간을 마라톤 국제회의를 했다. 그리고 횟집에 와서 한국에서는 소도 먹지않는다는 독한 풀잎에 월남쌈을 싸서 독한40도 베트남 쏘주도 몇 모금 마셔보았다.

또 내가 좋아하는 쌍차이(고수)에 국수도 말아 먹기도 하였다. 하지만 서울가는 비행기 표가 없어서 책한 권을 사서 일요일까지 호텔에서 정독을 해야만 했다.

책 제목이 『 4차 산업혁명』이었다. 4차 산업혁명은 지금도 진행중이고, 앞으로도 더 빠른 속도로 변화한다고 한다. 앞으로는 AI를 통한 빅데이터 전문가들과,AI전문가들이 가장 유망한 직업으로 떠오를것이라고 예측하고 있다. 현재도 진행중인AI는 더 많은 데이터를 통해, 홍보와 마케팅을 담당할 것으로 여겨지고 있다. 생각보다는 어려운 첵이다.

날이 어두워지자 하노이도 홍등이 하나둘씩 불을 밝히니 주막에 머무는 나그네의 마음도 외로운 등불같이 쓸쓸하기만 하다.

어버이 날의 스케치

어제 젖은 비로 오늘도 젖지말자. 오늘은 진행중이고, 내일은 아직 오지 않았다. 어제 골프가 잘 안되었다고 골프채를 *뿐지를 필요도 없다. 오늘은 또 다른 시간이다.

부모님 살아생전 *썽난 부모님 얼굴을 본적이 있는가? 당신들은 당신들의 부모님을 섬기고 살다가 가셨다. 우리들은 돌아가신 부모님께 얼마나 잘 는가? 행여 부모님이 계시거든 오늘은 효도하는 날이라고 생각하자.
내가 부모님께 잘했다고 자식들도 나만큼 해주어야 하는데 이런 생각을 하지 말자.
또, 선물이 *션찬허다고 용돈을 *쩨깨주었다고 서운해 하지도 말자. 그것이 인생이다. 인생은 준만큼 그만큼의 업보를 안고 살아가는 것이다. 그러니 지난 일에 대해 너무 연연해하지 말자. 어제 내린 비는 어제의 비고, 오늘은 오늘이다.

*뿐지를 : '부러뜨리다'의 전라도 방언
*썽난 : 화가 나다. '성이나다'의 전라도 방언
**션찬허다 : '시원하지 않다'의 전라도 방언
*쩨깨 : '조금'이라는 뜻의 전라도 방언

정월대보름

정월대보름이 내일 모레로 다가왔다. 명태코다리 찜, 토란대, 고사리는 들깨가루를 듬뿍넣고 취나물, 다래순, 아주까리(피마자)이파리로 나물 반찬을 만들어 보았다.

문득 옛날 우리 어머니들은 오곡밥을 지어서 대나무 소쿠리에 퍼 담아놓고 온갖 나물들을 정성스레 만들어서 온 가족의 건강과 다복을 기원하셨다.

코로나로 다소 힘든 시기지만 희망을 품으며 새 봄을 맞이하면 어떨까요?

봄이 오면 김윤아의 노래가사처럼 아지랑이 피어나는 저 언덕 넘어 우리가 그토록 그리워하던 어여쁜 사랑이 우리를 뜨겁게 포옹할런지도 모른다.

나의 어머니

이렇게 비가와도
어머니는 늘 내곁에 있다.
나의 어머니는 나를 앉혀놓고
서산 산천초목이 부르면 아무 말없이 혼자 가신다 하셨다.

*배창시가 끊어지도록
통곡해 보아도 아무 소용이 없다.
하늘이 부모와 자식간을 둘로 갈라
생이별을 시켜도
내 가슴과 영혼속에 있는
어머니는 그래도 늘 내곁에 있다.

내 눈물맺힌 눈이 흐려서 보이지 않을 뿐
해뜨는 날엔 따스한 햇살로,
바람부는 날엔 바람으로.
구름끼는 날엔 구름으로
요롷게 오늘처럼
비오는 날엔 빗방울로

눈오는 날엔 하얀 눈꽃으로
달이뜨는 밤엔 초록별로
머얼건 대낮에는 초승달로 늘 내곁에 있다.

* 배창시 : 배 창자'의 전라도 방언

창덕암

늦가을이었다. 어머니는 절 주위에서 갈키나무(마른솔잎)을 갈키로 긁어서 두 동이(마른 나뭇잎 큰 덩어리)를 고개가 뿌러지드락 머리에 이고 오셔서 절 부엌에다 쌓아 놓으셨다.

이 나무를 다 때서 밥 잘 해먹고 쌀이 떨어지기 전에는 집에 내려 오지 말라고 하셨다.

난 늦게 철이 들었다. 고등학교2학년 때까지 시집과 소설책만 읽으면서 얼레설레 학교를 다녔다. 내가 사귀던 옥단이가 내 자취방에 와서일본어를 가르치기 시작했다. 2학년 겨울방학이 끝나기 전에 일본어 상ㆍ하권을 못끝내면 헤어지자고 손까락을 맺었다.

보름동안을 주지도 없는 텅~빈 절에서 소나무 잎을 태워서 가마솥에 밥도 해먹고 누룽지도 긁어 먹고 호롱불과 촛불에 글공부를 시작했다.

어느 날 아침 일어나니 암자옆 잘도 흐르던 3단 폭포 계곡물이 얼음덩어리가 되어 물 한 방울도 흐르지 않았다. 난 갈등에 빠졌다.

…

모든 걸 포기하고 이 암자를 벗어나 한 시간만 오솔길을 내려가면 엄마와 흰 쌀밥과 소고기 미역국이 어른거렸다.

'지미~~~남자가 마음을 묵었으면 썩은 호박이라도 칼로 찌르라' 는 엄마의 이야기가 나를 헷갈리게 했다.

텅 ~빈 절을 한 참을 돌아다니다 보니 마루밑에 도끼가 있었다.

'그래~'

난 함박과 도끼를 가지고 계곡가로 갔다. 그리고 힘차게 도끼질을 하기 시작했다. 얼음 *뿌스래기를 함박에 담아서 큰 가마솥에 넣고 불을 때기 시작했다. 따듯한 물에 세수도 하고, 그 물로 밥도 해 먹었다.

나는 그렇게 열 열덟살에 혼자서 암자에서 겨울방학을 보냈다.

해마다 초파일이 되면 우리 어머니는 머리에 쌀보따리를 이고 창덕덕 부처님께 불공을 드리러 가셨다.

소장수하시는 우리 아부지 장사 잘 대게 해달라고 빌고, 우리 5남매 건강하게 자라 훌륭한사람 되게 해달라고 부처님께 빌고 빌었다.

우리 어머니는 당신을 위해 무엇을 기도드렸을까?

모든 사람들의 행복을 빌며 살다 떠나가신 우리 어머니가 나를 아프게 한다.

*뿌스래기 : '부스러기'의 전라도 방언

장미의 계절, 열무김치

5월은 참으로 싱그럽다. 장미의 계절 5월이 오면 나는 열무김치를 담근다. 올 해는 마음에 여유가 없어 처음으로 김치를 담가 보았다.

비가 내리고 있었다. 시장에 가서 열무 3단, 마늘 까놓은거 2,000원어치 청양고추 빨간 고추 한 근 양파 네 개를 방앗간에서 갈아왔다.

열무를 다듬는데 한 시간 깨끗이 씻어 소금간해서 절인다.

두 시간을 기달려서 큰 다라이('대야'의 일본어)에 열무를 싹(죄다.몽땅) 부서놓고(부어놓고) 10년묵은 까다리액젓을 손바닥에 눈대중해서 대충넣었다. 집에 *빵가놓은 고춧가루 몇 주먹 넣어 얼레 설레 버무려서 김치냉장고에 넣어 놓았다.

내 가까이 친한 사람이 있으면 한 중발 나누어 주면 얼마나 좋을까? 삶을 여유로워야 요리도 하고 싶고 요리를 해도 맛이 나는거다.

우리 인생의 여유는 타

인이 주는게 아니다. 자기스스로가 자기 인생길의 주인이기에 여유는 혼자서 만드는 거고 혼자서 너그럽게 인생을 즐기는 것이 아닐까 하는 생각을 해본다.

*빵가놓은 : '빨아놓은'의 전라도 방언

찰밥과 미역국

어머니는 요때쯤이면 범벌밭에서 잘 익어가는 두벌콩을 따다가 부엌에서 찰가리(소나무 마른잎)를 불을 때어서 콩밥을 하셨다.

새벽부터 일어나 미역국도 끓이시고 신선한 채소반찬을 하시고 큰방 웃목 벽쪽에 초석을 기대어 펴시고 큰 상에 찰밥과 미역국과 정갈하게 준비한 반찬을 차리시고. 정성스럽게 절을 올리셨다.

우리 다섯 형제 생일마다 생일상을 준비하기가 얼마나 힘이 드셨을까?

어머니는 정성을 들여 상을 차리고 절을 하시면서 무슨 기도를 드렸을까? 자식들 건강하고 훌륭한 사람이 되게 해달라고 염원을 하셨을 것 같다.

5시에 일어나 운동갔다와서 아내가 끓여주는 미역국을 먹으니 어머니의 얼굴이 그리운 아침이다.

더위에 무거운 몸을 이끌고 쭈글쳐 앉아서 메주콩밭을 호미로 매다가 산기가 있으셔서 집으로 오셔서 나를 낳으셨다고 하셨다.

지금이야 에어콘이 있어서 산모들이 안락해서 좋지만 여름에 태어난 우리들의 세대는 어머니에게 다시한 번 눈물나는 고마움의 꽃다발을 전해야

할 것 같다.

　그러나 이제 내곁에는 어머님이 안 계신다.

　다음주 고향에 가면 어머님이 지극정성으로 모셨던 창덕암 부처님께 불공도 드리고 잡초무성한 어머니산소에 가서 큰 절을 올리고 싶다.

제 3부
여름날의 일기 &
골프 이야기

그 해 여름

어느 해인가, 그 해 여름은 유난히도 더웠다. 지구촌 곳곳, *사방간데서 산불이 나고 중국 대륙은 *오만간데서 물난리가 나고 방천이 터져서, 수백만의 수재민이 발생하고, 수천 명이 느닷없이 어디론가 떠나갔다.

포장마차에서 외상술을 *묵고 작은 냇가를 건너다가 주머니를 뒤져보아도 낱돈은 하나도 없었다. 간신히 손에 잡히는건 라이터 뿐이었다.

아무생각 없이 여름밤하늘을 보니 내 가슴이 너무 시려왔다. 태양은 여인들의 옷을 벗길 만큼 아직도 붉은 열정으로 이글거린다.

여름은 청초록 사과밭을 빨갛게 화장을 하는 계절이다... 남들은 전부 휴가를 가는데 나는 시방 가슴이 춥다. 나는 *무답시 *질거리에 버려진 담배 꽁초에 불을 당겼다..

*올여름 맹키로 허하게 살면 안될 것 같다. 폐지라도 주어서 다가오는 여름에는 밀가루 한 푸대사서 지게에 솥단지 지고 짚은 지리산 골짜기 가서 *겐숙들하고 수제비나 배터지게 묵어 보고싶다.
여름내 배가 곯아서 연필 잡을 힘도 없다.

*사방가데서 : '사방팔방'의 전라도 방언
*오만간데서 : '이곳저곳', '여러 군데에서'의 전라도 방언
*묵고 : '먹고'의 전라도 방언
*잽히는거 : '잡히는 것'은 전라도 방언
*무답시 : '무심코' 전라도 방어
*질거리 : '길러리' 전라도 방언
*올여름 맹키로 : 올해의 여름같이' 전 라도 방언
*겐숙들 : '가족'의 전라도 방언

고구마 줄기

　내가 내 친구들에 비해 키가 큰것은 고구마 덕이다. 70년대 우리집은 범 벌밭에다 고구마를 500평 정도를 해마다 심었다.

　찌럭데기 황소를 쟁기질을 길들이며 우리 아부지는 쟁기를 갈고 나는 앞 에서 소코뚜레를 잡고 조정을 했다.

　쟁기를 등에 처음으로 맨 소는 일하기 싫어서 뺑기질(개기는 것)을 하고 우리 아부지는 제대로 소를 못끌고 간다고 소와 나에게 고함을 질렀다.

　이리 뛰고 저리뛰던 소가 앞발로 내 발등을 밟으면 나의 다리는 죽을만 큼 아팠다.

　그래서 내가 가장 하기 싫은게 소를 쟁기질 길들이는 거였다.

　그렇게 힘들게 소를 길들여 쟁기질을 스스로하면 다른 소에 비해서 비싸 게 팔수가 있었다.

　엄마와 나와 여동생은 하루종일 고구마두럭을 만들고 다음날은 고구마 모종을 잘라다 심었다.

　비옷도 없던시절 하루종일 여름비를 맞으며 고구마를 심었다.

　그러다 가뭄이들면 그 고구마를 살리기위해 보또랑가에서 주전자에 물 을뜨러 옥녀동생과 몇 백번을 왔다갔다 했다. 행여 고무신이 닳아질까바 맨발로 독자갈밭을 다녔다.

　줄기가 왕성해지면 우리어머니는 줄기를따서 껍질을 까서 말렸다.

고구마줄기 김치도 만들어 주시고 잘 마른 줄기로 부침개를 만들어 주시면 엄청 맛있었다.

늦가을이 되어 고구마를 캐는 날이면 온 식구가 2일에 걸쳐서 캐고 아부지는 고구마자루를 지게에다 지고 집으로 날랐다.

고구마를 밥에다 넣어서도 먹고 찌기도 하고 소죽끓인 부엌에서 구워도 먹고 큰 놈은5mm정도로 얄포롬하게 잘라서 숯불에 구워도 먹었다.

먹을 것이 귀했던 70년대에 고구마는 나의 굶주린 배를 행복하게 만들어 주었다.

그래서 내가 키가 큰 것이다.

어제 주말농장에서 고구마줄기를 따왔다. 새벽에 일어나 한 시간동안 줄기를 까다보니 옛 생각에 잠겼다 ' 우리 아들이 멸치 한 주먹 넣고 간장에 꼬추가루 몇 숫가락 넣어서 지글 지글 쫄여서 주면 아주 맛나게 잘 먹는다/ 고구마야!

나를 지댄하게(길다의 전라도 방언)해 주어서 고맙다!

여름비

　남원에 휴가 와서 냉장고를 열어보니 빈 반찬통만 쓸쓸히 나뒹굴고 있었다. 홀애비가 되어버린 우리 아부지는 무엇에다 밥을 드시는지 궁금했다.
　산지당 웃절가는 삐아다기(산기슭) 밭에서 들깻닢을 따다보니 소낙비는 사정없이 내리고 있었다. 어머니 살아생전 채소밭을 가꾸던 모습이 떠올라 빗물사이로 뜨끈한 눈물이 주르르 흘러내렸다.

　잘 가꾸어진 정구지밭엔 소비름이 삐쭉삐쭉 솟아나고 산태나무 마른가지 깔아놓은 오이 밭엔 여름이 주렁주렁 열리고 있었다.

　눈을 들어 보니 밤나무 밑에 *쫌매놓은 암소는 비가 오든 말든 하품만 허고 있었다.

*쫌메놓은 : '매어놓은' 의 전라도 방언

슬픈 동창회

부제 : 이미 떠나버린 강식이에게 바치는 글

15살(1978), 18살(1981) 우린 동창회를 하였다. 회비를 3,000원, 5000원 정도 걷었던 것으로 기억한다.

강식, 창섭, 종배, 내가 주최하고 기획을 했었다. 여름방학을 이용해서 날짜를 잡았다. 우린 주말을 이용해서 친구들 집집마다 돌아다니며 회비를 걷었다. 객지에 있는 친구들에게 전화기가 없으니 일일이 손편지로 기별을 보내 꼭 참석하라고 편지를 썼다.

여름밤, 사정다리에서 죽은 천수놈에게 얻어터졌다. 키는 *쪼맨헌 놈이 펀치력은 좋아서 명치를 맞자마자 앞으로 고꾸라졌다.
선배들이 막걸리를 몇 통개씩 사달라고 윽박지르는데, 종배를 중심으로 강력하게 거부했다.
우리는 회의를 한 결과 중절 창덕암 올라가는 산지당에서 하기로 하였다. 나와 이선, 철순 네 명이선가 남원에 장을 보러 갔다. 수박, 참외, 복숭아, 떡, 과자, 맥주, 쏘주 몇 박스를 사서 버스에 실고 왔다. 막걸리는 산동 주장에서 세 통인가를 받아왔다.

신나게 약 40명 정도가 놀고 있는데 2년 선배들이 술 안 받아 주었다고

떼레패로 온다는 급 정보를 받았다. 우리는 신나게 놀다말고 주섬 주섬 리어커에 술과 음식을 싣고 가말 영길이네 집뒤에 가서 춤을 추고 산명나게 놀고 있는데 2년 선배들 세 명이 나타나서 종배, 강식, 나를 인정사정 없이 때렸다.

진호란 놈이 내 싸대기를 얼마나 쎄게 후려 갈겼던지 정신이 혼미해지며 볼따구가 시뻘겋게 부어올랐다.

이 소식을 전해들은 친구 어머니들이 나타나서 여러 놈이 두들겨 맞다가 폭행은 멈추었고 몇 개월동안 야심차게 준비한 동창회는
이렇게 슬프게 끝났다.

세월이 흘러도 나를 떼렸던 그 사람들을 용서할 수가 없었다. 죽을 때가 되어도 억울해서 못 죽을것 같았다.

10년 전인가 *용케도 그 놈 전회번호를 입수했다.
나는 전화를 했다,
"왜? 그렇게 우리친구들과 나를 때렸냐?"고
그 놈은 "그런 기억이 없다"고 했다.
분명 호되게 맞은 피해자는 기억을 하는데 왜? 가해자가 기억을 못하는

지 모르겠다.

한참을 말을 내뱉다가 "그러지 말고 내가 기억나게 해줄텡게 이번 추석에 내려가면 산동다리에서 칼 한 자루씩 갖고 둘이서 정정당당하게 한 번 붙자"고 제안했다.

그랬더니 진정하고 그제사 "미안하다"고 말을 얼버무렸다.

그땐 그랬었다. 선배고, 뭐고 정말 싫었었다. 지금은 폭행죄로 신고하면 되는데 말이다.

우리 착한 친구들을 마구잡이로 두들겨 패던 그 놈들을 친구들을 위해 전쟁터로 불러내서 칼싸움이든 총싸움이든 한 번 하고 싶다.

우리는 친구들을 정말 사랑했고, 동창회 모임을 위하여 늘 앞장섰던 친구. 이미 떠나가 버린 강식이 에게 이글을 바친다.

*용캐도 : '용하게도'의 전라도 방언

여름 아침의 스케치

여름의 끝을 알리는 여름비가 아침부터 내린다. 숨이 막히도록 뜨겁던 여름공기는 어디로 가고 아침에 찬물로 샤워를 하니 약간의 한기가 느껴진다.

우리 인생에서 만난 코로나라는 역병은 어느덧 3년이 되어 간다. 수많은 사람들이 이 역병의 고통에서 죽어가고 삶의 터전을 잃어가고 인생의 좌표도 잃어가고 있다.

우리는 어디로 가야 하는가? 인생이라는 강물은 이 순간에도 끝없이 흘러가고 있다. 그래! 마음이 흐르는대로 우리의 인생도 흘러가면 좋겠다.

내가 가장 아끼는 것, 내가 가장 해보고 싶은 것, 내가 가장 사랑하는 것들을 맘껏 사랑하여 인생의 어느 언저리에서 멋지게 살아온 인생이라고 스스로에게 되뇌일 수 있는 인생길을 살아야 하지 않을까 하는 생각을 해본다.

가장 힘들 때, 우리를 위로해 주는 이는 자기 자신밖에 없다.

이 아침 블랙커피를 한 잔 타보기를 권한다.

고소한 커피향을 머금고 나는 무엇을 가장 좋아하고 어느 길로 가야 하는지 명상에 잠겨보는것도 좋을 듯 싶다. 순간이나마 자아를 다독이고 사랑하는 것만으로도 우리는 삶의 에너지를 얻을 수 있다고 확신한다.

분명 이 역병(코로나)의 터널은 끝이 존재할 것이다. 코로나라는 때문에 우리 인생이 흔들리지 않도록 자신을 단련해보는 것은 어떨는지.

아시아 여걸들의 사랑

오사카에 그날은 비가 내리고 있었다. 오차를 마시며 집 정원을 바라다 보며 제이와 신나게 웃고 있었다. 그를 만난 지도 근 이십 년이 되었다 · 하토미. 눈이 귀엽고 상냥한 여자다. 고양이를 좋아해서 고양이를 12마리나 키우고 있다.

작년 매출은 천 억, 키는 작지만 사업수단은 대단한 여자임에 분명하고 술은 마시지 않는다.

제이는 중국심천에 머무는 걸 좋아했다. 그의 집은 골프장이 내려다보이는 호수가에 있었다.

파우에는 원래 고향이 쓰촨이 고향이지만 베이징외국어대를 졸업 후 영국에 유학을 갔다왔다. 제이와 파우에가 합작회사를 만든 후 둘은 연인사이가 되었다.

처음에는 한국에서 제이의 화장품과 설화수제품을 수입해서 팔다가 5년 전부터는 중국에서 직접화장품을 만들어서 팔기 시작했다. 왕홍마케팅이 제대로 먹히기 시작했다.

유명왕홍에게 7=3으로 계약을 했다. 왕홍(인플루언서)이 3을 가져가는 구조다. 한 번 방송 할때마다 백억 이상 매출이 나왔다. 올 해 매출은 5,400억 정도 예상된다고 제이에게 자랑을 했다.

파우에는 홍콩주식시장에도 회사를 상장시켰다. 인터넷으로 미국·영국·독일·호주쪽에 아시아여인들을 상대로 화장품을 파는데 직원수는 380명정도이다.

파우에는 제이와 골프치는것을 좋아했다. 경기를 하면서 내기를 하는데 타당 5,000위엔(백만원)씩 이다.

동티엔은 하노이가 고향이다. 베트남외국어대를 수석졸업 후 러시아 모스크바유학 후 고려대에서 한국학을 전공했다.
제이의 회사에서 베트남어 통역을 하다가 베트남에 돌아간 후 화장품회사 유통을 시작한지 8년이나 되었다. 베트남에서는 립스틱·여드름화장품·미백화장품이 불티나게 팔리고 있다.

그녀는 새 피요리를 좋아한다. 살아있는 새에서 피를 **빼서** 접시에 따라서 나온다. 베트남에서는 고급요리다.
그녀의 취미는 요리다. 네 명이서 하이난에서 만났다.
동티엔·파우에·하토미·제이...

오늘도 타당 5,000위엔이다. 내기는 해도 돌려주기는 절대없다.
경기가 끝나고 호텔식당으로 갔다. 요리는 최고급요리로 나와다.
네 명이서 1972년에 만든 5,000만 원짜리 마오타이주 52도짜리를 두 병이나 마셨다.
제이는 담배를 맛있게 피우며 세 여인에게 제안을 한다. 우리의 회사는 아시아의 여인들 때문에 급 성장한 회사다. 그래서 아시아의 불우한 여인들에게 회사재산의 90%를 기부하자고 했다.
세 여인들은 한참을 생각하더니 흔쾌히 승낙을 했다. 역시 여걸들이다.
돈 보다는 오빠와의 사랑이 더 소중하다고 말했다.
그렇게 제이와 아시아 여걸들의 사랑은 깊어만 가고 있었다.

들 꽃

산과 들에 피어있는 들꽃을 보라
태풍이 불고
늘 바람에 나부끼어도
때가 되면 이 세상 누구도 흉내낼수 없는
향기를 머금고 꽃을 피운다.

우리가 가는 길은
늘 지맘대로 되지도 않고
내가 타인을 생각한만큼
타인은 나를 몰라주고
행여나 잘 풀릴라하면
시기. 질투. 훼방꾼들의
진흙탕 세상이다.

들 꽃
너는 줏대없이
늘 시계붕알맹시로
왔다 갔다 흔들린다.

오래되고 굿센 고목은
거센 바람앞에
택도없이 뿌러진다.

번뇌하고
흔들리며 무시당하고
짓밟혀도
인생의 꽃은
혼자 피었다
혼자 지면 그만이다!!

골프와 인생은 닮아있다!

흔히들 골프와 인생은 많이 닮았다고 한다. 인생을 다 알 수 없듯이, 골프도 다 알수 없다.

수많은 스포츠 중 하나인 골프가 인생과 가장 비슷한 가장 큰 이유는 마음대로, 혹은 계획대로 되지않는다는 것이다. 그것은 예상치 못한 변수가 너무 많다는 말과 상통한다.

라운드를 시작하기 전에는 드라이버 샷부터 퍼팅까지 모두 완벽하게 할 수 있을 거라 자신하지만 마지막 홀 그린을 빠져 나오면서 내 맘대로 다 됐다고 하는 사람은 한 명도 없다.

살면서 음지(陰地)도 만나고 양지(陽地)도 만나듯 골프 라운드에서는 오르막이나 내리막을 만나 어렵게 샷을 할 때도 있고 생각하지 못했던 해저드나 벙커에 빠지고 OB를 내 벌타를 받기도 한다.

포기하려 할 때 희망이 생기는 것도 인생과 골프가 비슷하다.

절망에 빠져 낙담하다가 한 가닥 희망을 발견하는 것처럼 너무 샷이 엉망이라고 좌절하는 순간 긴 퍼팅이 멋지게 홀인이 되기도 한다.

그 순간은 분명 마음을 비운 때다. 초조하거나 긴장하지 않고 스스로 억

HOLE		1	2	3	4	5	6	7	8	9	OUT	10	11	12	13	14	15	16	17	18			
PAR		4	4	5	4	3	4	3	4	36		4	5	3	4	5			36	72			
BLACK	L	372	332	461	338	-	385	489	172	375	3076	344	396	534	168	371	485	152	366	355	3171	6247	
	R	350	306	465	332	-	383	475	170	387	3015	366	393	542	176	361	496	156	379	340	3209	6224	
BLUE	L	352	305	439	325	152	351	457	148	346	2875	318	366	503	149	350	463	127	332	332	2940	5815	
	R	330	279	443	319	147	349	443	146	358	2814	340	363	495	157	340	474	131	345	317	2962	5776	
WHITE	L	328	288	417	308	130	297	436	121	319	2644	292	335	470	125	321	433	109	283	316	2684	5328	
	R	316	262	421	302	125	295	422	119	331	2593	314	332	462	133	311	444	113	296	301	2706	5299	
YELLOW	L	304	272	357	280	-	-	415	-	299	2475	270	301	431	-	299	408	-	-	280	2506	4981	
	R	292	246	361	274	-	401	-	311	2424		292	298	423	-	289	419	-	-	265	2528	4952	
RED	L	262	163	338	235	100	259	380	97	234	2068	242	273	395	97	280	388	90	238	253	2256	4324	
	R	250	137	342	229	95	257	366	95	246	2017	264	270	387	100	270	399	94	251	238	2273	4290	

누르는 것 없이 자유로운 마음이 됐을 때 희망은 찾아온다. 끝까지 포기하지 말아야 하는 것도 그 때문이다.

삶이나 라운드 모두 엉망이라는 생각에 중간에 포기하면 마지막 홀의 버디 기쁨을 만끽할 수 없다. 물론 엉망이라는 느낌이 들어도 한 타 한 타, 매 순간 정성을 기울여야만 그런 기쁨이 찾아온다.

마지막 순간까지 한 팀을 이룰 동반자 3명이 있는 사람이 가장 행복한 골퍼라고 한다. 인생도 마찬가지 아닐까. 끝까지 내 곁을 지켜줄 사람이 적어도 3명은 된다면 행복한 삶일 것이다.

시험에서 최고 점수를 못 받았지만 나는 행복하다.

싱글을 쳤던 내 생애 가장 멋진 날

골프는 혼자 하는 운동이다. 한번 치면 공은 죽는다. 매번 죽은공을 살려 내야만 하는 것이 골프의 묘미이기도 하다. 하지만 잘못 치게 되면 혼자서 고통을 감수해야 한다. 그래서 '고독한 운동' 이라고도 한다.

싱글의 기쁨을 누려본 사람만이 소유할 수 있는 특권이다.

골프에서 싱글의 정확한 명칭은 Single-digit Handicap입니다. Single-digit 을 한글로 번역을 하면 한 자리수를 의미한다.. 즉, 라운드를 가서 한 자릿수 오버 파를 기록하면 골프 싱글이라고 말한다.

예를 들면 골프장에서 한 라운드를 돌면 18홀을 돌게 되는데 모든 홀을 파 (Par)를 하게 되면 72타를 기록하게 된다. 올 퍼를 기록하는 경우 72 타, 0오버파를 하게 되는데요. 위에 말씀 드린 한 자릿수 오버파를 기록한 다는 것은 1~9 오버파 사이를 했을 때를 말한다.

72타 기준인 골프장으로 말씀을 드리면 73타~81타 사이를 치는 골퍼들 을 싱글 골퍼라고 말한다.

즉, 골프 싱글이란 81타 안쪽으로 칠 수 있는 골퍼들을 말하며 운 좋게 한 번 달성을 하고 평균 80대 후반이나 90대를 치는 경우에는 싱글 골퍼 라고 하지는 않는다..

꾸준히 싱글 타수를 유지하는 사람들을 싱글 골퍼라고 하며 아마추어 골퍼 중에 꾸준히 싱글 타수를 친다는 것은 쉽지 않다.

골프는 앞서 말한 대로 자기 자신과의 싸움이므로 고독한 운동임에는 틀림 없다. 싱글을 쳤던 내 생애 가장 멋진 날. 평생 가보로 남기려고 골프 공을 순금으로 만들어 보았다.

행운을 부르는 골프공을
황금으로 만들었다

골프 이야기

　나는 핸디가 84다. 처음 중국에서 골프를 시작했다. 처음 나가서 파를 했더니 동반자들이 홀컵에다 절을 해야 한다고 해서 엉겁결에 막걸리를 따라놓고 절을 했다.

　중국에 출장가기 전에 왼손·오른손이 늘 손바닥이 까져서 반창고를 발라야 했다. 그렇게 피나는 연습을 하고 가도 사 오일 치고나면 늘 지갑이 털렸다.

　힘이 좋은 나는 초보시절 드라이버 거리가 250m가 넘었다. 그렇지만 드라이버를14번 쳐서 두 세번 OB가 나면 그날은 돈을 사정없이 털리는 날이다.

　구력이 10년이 넘으면서 장타는 쓸데없다는 것을 자각했다. 그래서 드라이버·아이언을 칠 때 어드레스를 아주 조금만 한다. 박인비 선수보다 더 조금만 한다.

　골퍼라면 누구나 싱글을 꿈꾼다. 난 입문한지 삼 년만에 77개를 쳤다. 지금이야 싱글치는게 아주 쉽지만 공을 치면서 힘을 빼고 막창이 나드락 치지않고 절제하며 따복 따복 끊어서 가는게 얼마나 어려운 일인가?

　이처럼 골프는 자기자신과 인내의 싸움이다·골프가 어려운 것은 한 번 치고 나면 공이 멈추어 버린다. 죽은 공을 매번 살려서 가야 한다. 어느 누구의 도움도 없이……….

그래도 많은 사람들이 골프에 홀릭한다. 연습해도 잘 늘지도 않고 똑같은 홀에서 공을쳐도 같은 장소로 공은 가지 않는다 · 골프는 혼자서는 즐길수없는 스포츠다 · 인생을 살아가면서 좋은 동반자들과 파란 그린을 걸으며 골프와 인생을 이야기한다는것 이 또한 멋진 일이다.

골프인의 매너

새벽 네 시에 출근해서 홍콩 수출나가는 화장품포장하고 집에 돌아오는 길에 앞에 가는 빈 택시가 손님을 지나쳐 가버린다.

손님은 안타까운듯 멍하니 택시를 바라다보고 있었다.

골프백을 멘 남자~~

나도 순간 지나쳐 가다가 불법유턴을 두 번해서 차에서 내려 정중하게 물었다.

"사장님 어디 가세요?"

"태능골프장에 가는데 티업시간이 20분밖에 안남았다 ·

나는 택시가 잘 잡히는곳까지 태워다 주려 했는데 태능골프장까지 모셔다 드렸다.

자초지종을 들어보니 차에 미등을 켜 놓아서 아파트주차장에서 방전이 되었다고 그랬다. 예비역인데 나에게 고맙다는 말을 열 번이 넘게 하셨다. 다음에 꼭 치맥을 사 주신다고 하셨다. 다행히 티업 6분전에 도착했다.

다음은 골프를 칠 때, 꼭 알아두어야 할 매너에 대해 이야기 해본다.

여러 가지가 있지만 11개 정도는 알아두어 참고하기를 바란다.

첫 번째, 골프매너는 티잉 그라운드에서 시작된다. 하여 티를 꽂을 때는 양 옆에 있는 티박스의 안쪽에 티를 꽂아두는 것이 좋다.

두 번째. 잘 맞은 공이 디봇에 있으면 속상해질 것이다. 공은 있는 그대로 치라는 것이 룰이다. 별도의 약속이 없으면 있는 자리에서 스윙하는 것이 좋다.

세 번째. 골프는 상대방을 배려할 때 더욱 빛나는 스포츠 이다. 무심코 지나친 디봇에 다음 플레이어 공이 빠질수도 있다. 본인이 만든 디봇은 스스로 메워야 한다.

네 번째. 샷을 할때는 고도의 집중력이 필요로 하는데. 플레이어의 시선에서 피해주는 건 기본 매너이다. 상대방의 비구 선상이나 직후방에서 피해주고 조용히 지켜봐주는 것이 좋다.

다섯 번째, 함께 라운드를 즐기고 싶은 동반자가 되고 싶은지, 혹시 상대가 요청하지 않은 레슨을 하고있지 않나 생각해볼 필요가 있다. 원치 않은 조언보다 응원을 통해 즐거운 라운딩을 즐기는 것을 선택하는 것이 좋다.

여섯 번째. 라운드 중 벙커에 공이 빠지면 마음이 아프기 마련이다. 그렇다고 기본적인 매너를 잊어서는 안된다. 가장 낮은 언덕으로 진입하여 샷을 하고 본인이 만든 자국은 정리하면서 나와야 한다.

일곱 번째. 항상 파온을 할 수 있다면 정말 좋겠지만, 그건 어려운 일이다. 막상 샷하면 생각했던 거리와 차이가 나는 경우가 있다. 샷을 할 때는 클럽 2~3개 정도 챙기는 센스가 필요하다.

여덟 번째. 원하는 곳으로 항상 공을 보낼 수 있다면 정말 좋겠지만 골프는 내 마음대로 되는 것이 아니다. 내가 원하지 않는 곳으로 공이 가는 경우가 종종 있다. 그럴 땐 동반자를 배려해 정해진 시간 안에 공을 찾고, 공이 없다면 포기하는 것도 매너이다.

아홉 번째. 샷 하기 전에는 언제나 긴장이 된다. 연습 스윙이 마음에 안 들면 티샷 할 때 정말 신경쓰이게 된다. 하지만 연습 스윙을 짧게 하는 것 상대방에 대한 매너이다. 자신을 믿고 스윙한다면 센스있는 동반자가 될 수 있습니다.

열 번째. 티 샷 할 때 고도의 집중력이 요구된다. 동반자의 언행이 티 샷에 큰 방해가 될수도 있다. 라운딩 땐 항상 배려하는 매너가 골프이다. 동반자들과 함께 만들어 가는 것. 골프의 큰 매력 중의 하나이다.

열한 번째. 요즘은 골프장에서도 스마트폰이 다양하게 활용된다. 셀카는 물론 플레이에 도움이 되는 다양한 서비스도 있다. 하지만 스마트 폰 사용이 동반자에게 방해가 되어서는 안 되기 때문에 골프장에선 언제나 매너모드 항상 확인하는 것이 좋다.

골프를 끝마치고 우리가 이 사장님 같은 상황이면 얼마나 새벽시간에 마음을 졸일까? 하고 생각을 해보았다. 오늘은 오후에 꽁을 치러 가는데 OB도 안나고 잘 맞을것 같은 기분 좋은 예감이 들었다.

동반자들과 함께 한 소풍

　금요일엔 84세 드신 어르신과 공을 치고 오늘은 좋은 사람들(물론 나의 골프 동반자들)과 가평에 가서 공을 치고 왔다.

　파5에서 샷 이글도 해서 그런지 오늘따라 더 재미가 있었다. 한마디로 재미있게 소풍을 갔다왔다.

　오·장으로 시작해서 후반에는 4.8로 붙었다. 캐디피만 내고 나머지는 다 돌려주고 내가 맛있는 식사를 대접했다.

　동반자들이 뚜껑 열린다고 요번주 토요일에 다시 부킹을 하기로 했다. 이제 봄이 왔으니 새벽5시 반에 일어나 육사연습장에 *꼬박꼬박 가야겠다고 마음을 먹었다.

　운동으로 땀을 빼면 엔돌핀이 확! 생긴다. 이 어두운 터널의 시대에 내 스스로 생동감을 만들어 가며 잼나게 생을 살아가고싶다.

　오늘도 행복한 하루였다.

*꼬박꼬박 : '하루도 빠짐없이' 라는 뜻을 가진 전라도 사투리

어르신처럼 살고 싶다

 어제는 81살 나이드신 어르신과 골프를 쳤다. 드라이버를 한 번도 실수 없이 똑바로 치시고 허리도 꼿꼿허니 당당히 걸으셨다.
 또, 골프장까지도 손수 운전해서 오시고, 라운드를 마치고 삼겹살에 약주를 드시면서 "한 달에 한 번씩 정규모임을 하자"고 하셨다.
 참 멋지게 나이 드신 어르신인 것 같다,

 우리는 언제까지 이 몸뚱이로 자유자재로 걸을수 있을까,? 자기관리 몸관리를 아무리 잘 한다고 한들 늙어서 골프장에 간다는 것은 정말 어려운 일이고 80이 되어서도 필드에 나간다는 것은 정말 존경스러운 일이다.

 아침 모닝 Black coffee 를 한 잔 마시며 사색에 잠겨본다. 긴 겨울이 가고 좋은 계절이 오고 있다.
 산수유 연분홍진달래 도화꽃이 우리인생의 울타리가에 사정없이 피어나는 계절, 팔십이 우리생의 종점이라면 이제 사분의 일밖에 안남은게 우리의 생이 아닌가? 좀더 진자하고 의미있고 멋지게 살다가 의연하게 떠나가는 연습을 할 때인것 같다.

제 **4**부
이야기가 있는 요리,
도전, 요리!

열무 동치미

지난주 외식하러 가서 열무동치미를 맛나게 먹고 오후에 그대로 만들어 보았다. 열무동치미는 여름에 별미로 먹는 음식중의 하나로 밥맛이 없을 때 먹으면 입맛을 돋우어 준다.

열무동치미

재료
- 제주 무 2
- 열무 한단
- 대파2뿌리
- 사이다 0.5리터
- 물1.8리터 3병
- 마늘 (갈아서 많이 넣을 것)
- 홍고추 3천원 어치

레시피
1) 무우와 열무를 잘 씻는다.
2) 잘 씻은 후, 소금으로 간을 한 후 어느 정도 간이 된 후에 사이다와 물을 부어 소금으로 간을 맞춘다.

동지팥죽

12월 22일. 해마다 이맘때면 낮보다 밤이 더 길어지는 날이다. 유난히도 겨울은 춥기 때문에 뜨뜻한 팥죽이 생각이 난다.

동지는 크게, 애동지, 중동지, 노동지로 나눌 수 있다.

▶ 동지때 팥죽을 먹는 이유

예로부터 우리 조상은 팥의 붉은색이 귀신 등의 나쁜 기운을 없애준다고 믿어왔다. 그래서 밤이 가장 긴 동지때 팥죽을 먹으면서 나쁜 액운들을 막아내려 했던 것이다.

모든 동지때마다 팥죽을 먹는 것은 아니다.

위에서 말한 동지의 종류를 보면 애동지, 중동지, 노동지가 있는데 애동지때는 어린 아이들을 돌봐주는 삼신 할매때문에 팥죽을 먹지 않았다고 한다. 그리고 중동지나 노동지때는 팥죽을 먹어야 한다.

한해를 돌아보고, 새로운 희망을 다시 꿈꿀수 있는 동지는 예전엔 '작은 설'로 불리워졌다.

동지팥죽 (4인 기준)

 재료
- 통팥 120g
- 찹쌀가루
- 물
- 계피가루 약간
- 소금 약간
- 올리고당 3큰술
- 찹쌀가루 100g
- 녹말가루 약간

레시피 1
1) 준비한 통팥을 물에 불려놓는다.
2) 팥을 불리는 동안 찹쌀가루로 고명을 만든다.
3) 찹쌀가루 100g에 뜨거운 물 3큰술, 소금 약간을 넣는다.
4) 반죽을 하여 먹기좋은 크기로 동그랗게 빚어준다.
5) 불린 팥과 물 2컵을 냄비에 넣고 끓여 삶아준다.
6) 찬물에 한번 행군 후 다시 한번 푹 삶겠습니다.
7) 헹군 팥에 물을 붓고 1시간 이상 푹 끓입니다.

레시피 2
위의 방법은 정석으로 만드는 법으로 팥을 불리고 삶아야 하기 때문에 시간이 오래
걸라는 단점이 있다. 바로 만들어서 먹을 수 있는 간단한 방법은 아래와 같다.
1) 팥을 물에 담가 1시간 정도 불려준다.
2) 믹서기에 불린 팥, 찹쌀, 뜨거운 물을 넣고 갈아준다.
3) 갈아놓은 것을 냄비에 넣고 20~30분 정도 끓여줍니다.
4) 설탕, 소금 등으로 간을 한다. 이 방법은 팥을 불려놓기만 하면 간단하게 만들어
    먹을 수 있다.

팥은 날로 먹을 때보다 열을 가하면 칼로리가 낮아지기 때문에 건강에 좋다고 한
다. 또한 식이섬유가 풍부하고 비타민과 무기질이 풍부하며, 체내의 독소와 노폐물
을 배출하는데 매우 탁월하다. 특히 부종을 예방하는데 효과가 있기 때문에 비만이
나 당뇨 증상을 개선하기도 한다고 한다.

호박죽 끓이기

호박은 혈액순환 개선에 도움을 주고, 단호박에 함유한 식이섬유, 탄수화물, 당질, 미네랄, 여러 가지 비타민의 성분이 유해한 콜레스테롤이나 지방질이 체내에 쌓이는 것을 막아주어 혈액순환을 원활하게 하는 데 도움을 준다고 한다. 또한 단호박에 함유된 펙틴 성분 위장 기능을 활성화하고, 위 점막을 보호하는데 도움을 준다고 한다.

이렇게
만들어요

호박죽

레시피
1) 호박 껍질을 예리한 칼로 벗긴다.
2) 벗기는 동안 팥, 두벌콩을 냄비에 삶는다.
3) 큰 솥에 호박을 끓인다. 풀어지기까지
   시간이 걸리니 믹서기로 어느정도 익은
   호박을 간다.
4) 그동안에 밀가루, 돼지감자 가루를 반반씩 넣어 쫀득 쪽득하게 반죽을 한다.
5) 어느정도 익은 팥, 두벌콩을 넣은 후 밀가루 반죽을 최대한 얇게 떼어 넣는다.
6) 소금으로 간을 한다.

TIP   기호에 따라 설탕을 추가해도 좋다.

감자채 볶음

아들이 유독 감자요리를 좋아한다. 비타민C가 풍부한 감자는 뼈 건강 개선뿐 아니라 염증이 염증을 줄여주고 칼륨을 배출하여 혈압을 내려주는데 효과가 있다고 한다. 그밖에도 다이어트에 도움을 주며, 피부 개선에도 도움을 주는 영양만점의 채소이다.

의사들은 감자가 얼마나 건강에 좋은지는 어느 정도 첨가된 음식과 요리 방법에 달려있지만, 기름을 조금만 달리해도 맛이나 영양은 훨씬 달라질 수도 있다. 감자 자체는 상대적으로 칼로리가 낮기 때문에 같은 탄수화물이라고 해도 다른 음식에 비해 살찔 걱정을 덜해도 되는 장점을 가지고 있다고 한다.

감자채 볶음

재료
- 감자 8개
- 소금
- 식용유
- 들기름
- 양념 : 고추, 마늘, 파, 볶은 참깨

레시피

1) 감자 8개를 껍질을 깎고 칼로 감자 채를 만들어 녹말 기를 빼기위해 소금간을 해 놓는다.
2) 감자를 깎고 얇게 썰어서 채를 만들고 소금에 5분동안 절인 후 우러난 녹말가루를 씻어낸 후 물기를 뺀다.
3) 10~15분 후 물에 헹군 다음 채반지에 물기를 뺀다.
4) 후에 식용유·들기름·고추, 마늘·파·소금, 볶은 참깨를 넣고 들들 볶는다.

말은 쉬운데 30분 이상이 걸리는 요리다. 요리를 한다는 것은 인내심도 필요로 하고, 창의력도 있어야 한다. 다행히도 아들은 내가 해주는 감자채 요리를 잘 먹는 편이다.

제 4 부   이야기가 있는 요리, 도전요리!

육개장 끓이기

날은 춥고 식구들이 밥맛이 없는 겨울에는 따뜻한 육개장이 생각이 난다. 육개장의 기원은 개장국에 바탕을 둔 조선왕조 궁중음식에 있으며, 곰탕의 하나로 보기도 한다. 뜨겁고 맵기 때문에 특히 여름에 몸을 보하기 위해 많은 사람들이 찾는다. 육개장을 먹을 때는 밥을 같이 먹는 편이다.

육개장을 "육계장"으로 잘못 표기하는 경우가 흔히 있다. 닭고기로 대체한 닭개장 역시 "닭계장"으로 적기도 하는데 이는 잘못된 표기라고 한다.

▶ 유래

오랫동안 선조들은 삼복 때 보양음식으로 개장, 즉 보신탕을 즐겼다. 개가 귀한 개장 철에는 마을 어른들이 개를 대신하여 병들거나 나이 든 소를 공동 도축해 국을 끓였는데 이것이 육개장의 출발이다. 육개장은 개를 대신한 쇠고기 국이라는 뜻이다. 육개장이 맵고 진한 양념을 하는 것도, 본래 개장국에서 개고기의 심한 냄새를 없애기 위해 진한 양념을 넣은 것에서 유래되었다. 현재까지 기록으로 보면 육개장은 19세기 후반에 생긴 문화로 추정된다. 1920년대 육개장은 '대구탕반(大邱湯飯)'이란 이름으로 서울에서 외식으로 큰 인기를 얻었다. 최남선의 〈조선상식문답〉, 1920년대의 잡지인 〈별건곤〉에서 대구의 향토음식으로 육개장이 소개되었다.

육개장

 재료

- 한우꼬리400g
- 쇠고기 한근
- 멸치다시마 육수 1.5리터
- 시판 곰탕육수 500ml
- 삶은 고사리 200g
- 숙주 200g
- 콩나물 200g
- 대파 4-5 대
- 청양고추 2-3개
- 참기름, 고춧가루, 토종된장, 국간장, 다진 마늘, 소금

레시피

1) 한우꼬리·사골·잡뼈를 어치 사다가 핏물을 뺀다.
2) 열 시간 이상 푹 고은 국물에 불렸다 삶아놓은 토란대·고사리·콩나물을 넣고 푹푹 끓이기 시작한다.
3) 무우를 잘게 토막내 약간 넣으면 시원한 국물이 우러나고 대파를 너 댓 뿌리 썰어 넣는다.
4) 다진 마늘 두어통과 다시다 조금 그리고 소고기 한 근·후추 조금, 토종된장, 두 숟가락, 청양고추 두세 개·고춧가루 듬뿍 넣고 간을 보면서 조선장 ·소금으로 간을 한다.
5) 마지막으로 빠알간 고추기름을 몇 수저 넣는다. 국물이 매콤하면서 깔끔하게 시원한 맛을 느낄수 있다.

> TIP 남은 뼈 사골국물은 먹을 만큼만 작은 냄비에 따라서 무우를 잘게 삐져 넣으면서 소금 간하고 후추·다시다·다진마늘 약간을 넣으면 깔끔한 국물(수프)가 된다.

요리는 손으로 하는것 같지만 마음으로 하는 것이고, 요리는 당신을 존경하는 사람이 사랑으로 빚는 깊은 마음의 열매라고 생각한다.

열무 얼갈이 물김치

여름엔 열무가 시원하고 제격이다. 자칫 지치기 쉬운 여름 열무 얼갈이 물김치를 담가보았다. 얼갈이는 수분과 식이섬유소가 많고 탄수화물이 적어 열량이 낮아 다이어트에도 적합하다. 또한 베타카로틴, 비타민 A,C의 함량이 높고 암예방에 효과적이라고 한다. 지치기 쉬운 여름, 열무 얼갈이 물김치로 수분으로 몸을 충전하는것도 좋을 것이다 생각보다 담기 쉬우니 도전해보기를 권한다.

이렇게 만들어요

열무 얼갈이 물김치

재료

- 열무 2단, 무
- 북어대가리, 물
- 사과1개, 배1개,
- 마늘 한 줌, 생강, 마른고추, 멸치액젓, 청양고추(홍), 고춧가루, 설탕 조금, 양파

레시피

1) 북어대가리 두 개·멸치 한주먹·다시마로 20분 동안 육수를 낸다.
2) 무 한개·얼갈이 한단·열무 2단을 씻어 소금에 절인다.
3) 마늘·멸치액젓·빨간 청양 생고추를 믹서기에 간 후 뽑아놓은 육수를 식힌다.
4) 고춧가루를 넣고 준비된 모든 재료를 버무려 준다.

김치 담그기

요리는 행복이다! 이른 가을, 김치를 간만에 담근다. 배추 세포기를 사왔다. 시장에서 배추를 살 때 줄기를 조금 떼어서 먹어보고 사는 편이다.

좋은 김치가 되려면 배추가 좋아야 한다. 물배추는 맛이 없다. 줄기가 달고 *꼬소롬한 배추가 좋다.

이렇게
만들어요

김치

재료
- 배추 3포기, 마늘, 생강, 젓갈, 양파, 생성양고추(홍), 파

레시피
1) 배추를 갈라 한잎 한잎 씻은 후 소금 간을 두세 시간 하는 게 좋다.
2) 소금을 조금만 뿌려 오래 간을 하는 것이 좋다.
3) 새우젓이나 다른 젓갈로 간을 하기위해 절일 때 소금의 양을 줄이는 것이 좋다.
4) 간이 된 배추는 물로 씻으면 배추의 향이 도망가니 처음 소금간을 하기 전에 깨끗이 씻는다.
5) 양파, 마늘, 생강조금 넣고 생 청양고추 빨간것을 믹서기에 간다. 여기에 기호에 따라 좋아하는 젓갈을 넣고 마른 고춧가루를 김치의 색깔을 보아가며 첨가한다.
6) 간이 싱거우면 젓갓을 더 넣는다.
7) 이렇게 손으로 양념을 버무려서 뒤적거리면 맛난 김치가 완성된다.

오늘은 사랑하는 고마운 사람을 위하여 김치에 도전을 해보는 것은 어떨까.

*꼬소롬한 : '고소하다'는 뜻의 전라도 사투리.

여름에 먹는 호박잎 요리

 여름에 먹는 호박잎 요리처럼 만난 요리가 또 있을까? 아마 이 호박잎 요리는 어머니가 만들어 주셨기 때문에 더욱더 기억이 남는 요리이다.

 그러기 전에 먼저 호박잎이 왜 몸에 좋은지 알아보다.

 호박잎의 짙은 녹색을 띠고 있는 부분이 바로 태양에너지 받아 만들어진 엽록소 혹은 클로로필이다. 요즘 각종 암과 성인병에 효과가 있다고 한다. 또한 나이가 들면서 활성산소를 제거해주고, 노화를 방지해준다고 한다. 또, 호박잎에는 비타민 A, 루테인, 특히 베타카로틴의 함량이 많은데 눈 건강에 아주 좋은 성분이다. 눈의 피로를 풀어주고 시력을 보호하며 안구건조증과 야맹증이 있는 사람들도 도움을 받을 수 있다. 이렇듯 호박잎은 여러 가지 좋은 점이 더 많지만 여가에서 줄인다.

이렇게
만들어요

호박잎 요리

재료

- 고추, 멸치, 물, 마늘, 풋고추, 조선간장,
들기름, 참깨, 쌈장, 된장, 감자, 들깨가루

레시피
1) 고추와 멸치를 볶는다.
2) 물·마늘·풋고추·조선간장·들기름·참깨를 넣고
  약한불에 약 5분동안 지글 지글 끓인다.
3) 호박잎 찍어먹는 쌈장을 완성한다.
4) 호박잎을 큰 냄비에 물을 부은다음
  겅거리를 깔고 솥에다 찐다,
5) 쌀뜨물에 된장을 두 스푼 풀고 육수를 내는 디포리멸치를 대충 넣고
  하지감자를 서너개 깎아서 넣는다.
6) 13~15분동안 끓이면서 멸치는 건져낸다.
  TIP 오래 끓이면 멸치의 쓴냄새가 우러나 좋지않다
7) 호박잎을 손질하며 손바닥으로 비빈다 ->호박잎 식감이 부드러워진다.
8) 감자가 익을 때쯤 애동호박을 반절 정도 듬성듬성 썰어 넣으며 풋고추 두 세개
  호박잎을 넣고 마늘조금 들깨가루를 4~5숟가락 넣는다.
9) 호박잎 들깨 된장국이 완성한다.
  TIP 들깨가루가 들어간 음식은 하절에 잘 변질되니 냉장보관은 필수다.

어머니가 만들어 주시던 음식중엔 여름이면 호박요리,호박잎 요리가 많
았던 것 같다. 우리 밭에는 여름이면 늘 왕성하게 호박이 잘 자라고 있었
다. 어머니는 애동호박이 많이 열리고 늙은 호박이 주렁 주렁 열리면 자손
이 번창한다는 믿음을 가지고 계셨다.

비료가 귀하던 시절 소매통(오줌을 모아놓는 나무통)을 집에서 부터 머
리에 이고 30분동안 호박밭으로 가서서 호박구덩이에 걸음을 주시곤 하
셨다. 식재료가 귀하던 시절 옛날사람들의 피나는 지혜였던 것 같다.

귀한 식재료를 구해서 정성스레 음식을 만들어 입이 행복하면 가족이 모
두 행복해했던 기억이 떠오른다.

아들이 좋아하는 카레

아들은 카레를 좋아한다. 그래서 나는 아들에게 종종 카레를 해주곤 했다. 카레 에 들어있는 '커큐민' 이라는 성분은 관절염을 비롯한 염증성 질환을 완화시키고, 항암효과가 있는 것으로 알려져 있다. 또한 당뇨병이 있는 사람에겐 혈당수치를 낮출 수 있다는 결과가 있어 새롭게 각광을 받기도 한다. 내가 해 준 카레를 잘 먹는 아들이 대견스럽다. 아들을 위해 오늘도 최선을 다해 카레라이스에 도전해본다.

카레라이스

이렇게 만들어요

재료
- 양파, 감자 2개, 당근, 돼지고기 250g, 카레 가루, 물 800ml, 식용유 카레의 양은 4인분 기준 (카레가루 1봉지)

레시피
1) 냄비나 프라이팬에 기름 1스푼을 둘러준다.
2) 돼지고기를 250g을 넣고 볶는다.
3) 고기 겉이 익을 때까지 볶는다.
4) 깍둑 썬 감자와 당근을 넣고 살짝 한 번 볶는다.
5) 감자와 당근이 볶아지면 양파를 넣고 볶는다.
 TIP_ 양파가 반 정도 투명해질 때까지 볶는 것이 중요하다.
6) 양파가 살짝 투명해지면 물 3컵(600ml)를 넣고 끓인다.
7) 감자가 익을 때까지 팔팔 끓여준 후에 카레 분말가루를 넣고 끓이면 된다.
8) 걸쭉할 때까지 끓이는 것이 중요하다.

모른(마른)반찬을 만들며

난 중학교1학년(14세)때부터 자취를 시작했다. 도통리 자취방에서 작두 샘물을 품어서 추운3월부터 바가지에 쌀을 일어서 연탄불에 밥을 했다. 가끔 연탄불을 꺼뜨리는 날이면 아침부터 굶고 학교에 가야했다. 여름이면 석유를 사다가 석유곤로에 밥을 했다. 밥을 하다 석유가 앵꼬(바닥)나서 불이 꺼지면 아침도 안 먹고 학교에 갔었다.

다른 친구들은 집에서 싸온 계란, 오뎅. 멸치볶음, 콩자반 등 그 맛난 반찬에 도시락을 먹는데 나는 말없이 교실을 빠져나와 수돗가에서 맹물을 벌컥 벌컥 마셨다.

그 주말에 산동집에 가서 엄마에게 그 이야기를 했더니 엄마는 왜 그랬냐고 마음아파 하셨다. 하루 종일 일을 하시고 일요일 오후에는 늘 나의

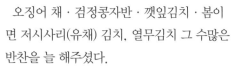

일주일치 마른반찬을 하셨다.

오징어 채 · 검정콩자반 · 깻잎김치 · 봄이면 저시사리(유채) 김치, 열무김치 그 수많은 반찬을 늘 해주셨다.

남원으러 가는 저녁막차를 타기위해 나갈 때는 우리어머니는 일주일치 쌀, 김치, 마른 바찬을 보따리에 이고 버스정류장까지 배웅해 주셨다.

나쁜 친구들과 어울리지 말고 선생님 말씀 잘 듣고 공부를 열심히 하라
고 늘 말씀하셨다.

　　이제 어머니는 떠나가시고 아버지 혼자서 끼니를 해 잡수신다.

　　아부지에게 전화드렸더니 반찬이 아무것도 없다 하신다. 청량리시장에
서 몇가지 사다가 마른반찬을 만들었다. 내일은 스치로폼 박스에 아이스
팩을 넣어서 보내드릴 요량이다. 누구나 사랑하는 사람을 위해서 요리를
한다는 것은 아름답고 멋진일이다.

토란국

토란이란 '땅 속의 알'이라는 뜻이다. 시장에서 토란을 사서 토란 껍데기를 흙만 대충 씻어내고 냄비에다 조금만 끓인 후껍데기를 까면 피부가 가렵지도 않고 표피가 잘 까진다.

껍데기를 깐 토란을 쌀 뜨물을 받아 냄비에 넣고 끓이면서 들깨를 두 어 주먹 믹서기에 간 후냄비에 넣는다. 조선장, 다시다, 마늘, 대파를 썰어 넣으면 토란국 완성!! 토란은 변비예방에 효능이 좋다고 한다. 토란국을 드시고 마나님이 뻥!!! 뚫리시면 가정이 갑자기 평화가 온다는 사실.

토란국

재료
- 토란, 쇠고기, 다시마, 파, 들깨가루

레시피
1) 먼저 토란을 뜨물에 삶아 놓는데, 큰 것은 두 쪽으로 갈라 놓는다.
2) 쇠고기를 채 썰어 양념하여 맑은 장국을 끓이다가 다시마를 넣어 끓인다.
3) 장국이 끓으면 다시마를 건져서 완자형이나 골패 모양으로 썰어놓고, 파를 채 썰어 넣는다.
4) 들깨가루를 넣는다.
5) 뜬물에 삶아낸 토란을 넣고 한소끔 끓여서 간을 맞춘다.

백주(빠이주)

　백주는 중국어로 빠이주로 읽는다. 하얀 술이라는 의미다. 난 중국을 50번 이상 여행을 하였다. 그 속에서 내가 발견한 가장좋은 것은 중국술 빠이주다. 한국에서 유통되는 중국술은 거의 싸구려 제품이다. 소비자가격으로 중국에서 한 병에 5만 원이 넘으면 중국에서는 명주라고 부른다. 이런 명주가 각 지방마다 있다. 귀리·쌀·조·보리·밀등 누룩에 섞어 보름에서 몇 달을 발효하여 불을 때서 수증기가 나오면 기다란 대롱이 찬물을 받아놓은 곳을 통과하면서이슬이 맺혀 한 방울 한 방울 모여 백주가 된다. 처음 술을 끓여서 수증기가 나오면 알코올 도수가 50-60도 정도 된다. 나중에 찌꺼기에서 나오는 것이 30-40도이다. 그래서 도수가 높을 수록 가격이 비싸고 중국인들도 높은도수의 빠이주를 선호한다.

　중국음식을 말 할 때 오만가지가 넘는다고 한다. 아마 중국 빠이주도 몇 만가지가 넘을것 같다. 내가 유독 빠이주를 좋아하는 것은 마시면 확 취기가 올라왔다가 몇시간 후면 취기가 맬꼼하게 없어지기 때문이다. 한국술이나 양주를 마시고나면 그 다음 날 속도쓰리고 머리가 찌글찌글 아프다. 그런데 좋은 백주를 마시고 나면그런 증상이 전혀 없다. 그래서 중국 귀국길에는 10-20병씩을 가지고 와서 지인들에게 선물도 하고마시기도 한다. 사람들에게 술을 선물하는 것은 존경의 의미라고 한다. 좋은 친구와 명주를 함께 마시며 인생을 함께한다는 것이 또한 인생의 큰 기쁨인 것 같다!!

늬가 해 쳐 먹어라

우리 인간이 가장 욕심내는 것은 음식이다.그래서 요즘은 셰이프들이 존경받고 뜨는 시대다. 예전에는 직장관두고 할일없으면 식당이나 하지 하고 서스름 없이 시작하는 사람도 많았다. 맛집엔 늘 사람이 붐빈다. 식당에 가서 비싸게 먹고 나와도 맛이 있으면 행복하고 반찬이 많은 식당에 가서 싸게 먹고 나와도 맛 이 없으면 괜히 화가난다.

아침 9시 부터 배추 세 포기 여수 돌산 갓을 세 단 사다가 다듬고 씻고 소금간하고 쪽파 한 단 까고 양파 큰것 6개 까서 생강.마늘.찹쌀을 풀써서 갈고 젓깔 두가지 넣고 고추가루 넣어서 속을 만들어 버무리고 나니 두 시가 다 되었다.여자들은 이렇게 힘들게 반찬을 해서 남자들 밥상에 올려 놓으면 남자들은 어제 홍준표가 이야기 한대로 깜냥도 안된것들이 반찬 타령을 한다.난 오늘 다 섯시간 넘게 김치를 담그면서 생각해 보았다. 남편들이 반찬 타령을 할 때 여자들은 속으로 이렇게 말할것이다.

그래 그렇게 맛없으면 늬가 해 쳐 먹어라. 이제껏 아내를 위해 밥상을 차려본적이 몇 번인가? 이제껏 아내를 위해 반찬을 해본적이 몇 번이던가? 배불리 먹고 난 후 설것이는 몇 번 했던가? 내가 공처가도 아니고 여자편을 드는것도 아니다.중국 광동 지방에서는 내 호주머니에 갑자기 돈이 들어오면 자기가 가장 좋아하는 친구와 맛있는 식당에 가서 밥을 먹는다고 한다. 당연히 중국 최대요리인 광동요리사들은 예로부터 존경의 대상이었다고 한다. 난 요리를 못해...그말은 수치스러운 일이다. 이제부터 시작해 보자. 최소 반찬 열가지 찌게 열가지는 맹글줄 아는 남자가 인생의 참맛을 아는 사람이 아닐까?

제**5**부
가을 엽서

가을엽서

우린 가끔 곡주를 마신다. 외로워서 한 잔을 혼자서 마시고 2차에 와서 보고픈 사람을 혼자서 그리워하기도 한다. 그런데 난 내 폰에 있는 전화번호만 뒤적거리다 마음을 접는다.

가을이 오니 고독해 지는 것 같다. 성공한 사람은 새벽 3시에 전화해도 화내지 아니하고 반갑게 내 전화를 받아줄 친구 세 명이 있어야 한다는데, 그렇게 따지고 보면 난 인생을 헛산거 같아 마음이 씁쓸해진다.

아~~ 가을바람이 불어대는 새벽길을 혼자서 걷는다. 우리가 살아가는 길은 여럿이 어울려 와자지껄하며 함께 가는길 같지만 인생길은 혼자가는 오솔길 인 것도 같다.

코스모스가 하롱 하롱 산들거리는 이 가을 나는 그리운 사람들에게 가을엽서를 보내본다.

이 가을 낙엽처럼 외로워하지 말라고……

새벽녘 서녘 하늘에 걸려 있는 초승달 맹시로 혼자서 마음이 추워하지 말라고………

인생길은 혼자서 와서 혼자서 떠나는 거니까 의젓하니 이 가을길을 걸어 가라고………

우리가 인생길에서 고독하지 않게 사는 것은 자기 자신을 사랑하면서 길을 걸어가는 거라고…

우리는 어디서부터 고독해 지는가? 혹시 이런 생각을 해 본적이 있는가? Money, 친구, 아내. 건강, 골프, 형제, 신앙, 부모, 직장, 명예, 시간이 가면 여름이 가듯이 모든 것이 *매겁시 가버린다.

여름이 가고 세월이 간다는 것은 아픈 게 아니다. 여름은 여름대로 알뜰한 태양의 정열을 모아 나락알을 영글게 해 벌써 추수의 밥상을 차리고 있다.

근데 난 근사하게 차려진 계절의 밥상 앞에서 왜 ? 초췌해 지는가?

지나간 여름 좀더 땀을 흘릴것을.

내 인생에 지나간 날 그 사람에게 정말 고맙다고.

또다른 사람에게 사랑한다고 말할것을~~~

우린 가을이 와서 고독해 지는게 아니다. 우리가 우리의 인생 나의 인생을 사랑하고 있는 애착 때문인 것이다. 모닝Coffee를 한모금 마시면서 가을엽서를 그려본다.

훈련소에서 온 소포

1983년 가을이었다. 나는 느닷없이 군대 가기 5일 전에 영장을 받았다. 병역법상 군대가기30일 전에 영장을 배달해야 하는데 산동면 면서기가 실수를 한 것이다.

대학을 세 번 옮기고 막 대학생활을 즐기기도 전에 날벼락을 맞았다. *부애가 나서 술을 *묵고 면사무소에가서 완전히 엎어버렸다.

대구에 가서 하숙방 짐을 빼고 법학과 여학생들의 하얀 손수건을 멀리한 채로 서울에 갔다. 남원에 와서 친구들과 맥주를 세 박스를 마시고 보니 그날이 훈련소를 가는 날이었다.

가을비는 내 맘도 모르고 사정없이 내리는데 남원 가는 9시 버스를 타러 가니 중절동네 아주머니들이 스물 댓 명이 모여 오천 원 만 원짜리 봉투를 건네며 여기저기서 눈물을 머금으며 "군대 잘 갔다 오라"고 내손을 잡으셨다.

영신, 춘호가 논산훈련소 정문까지 따라와서 송별회를 해 주었다. 나는 그 전날 머리를 면도칼로 *백꼬로 밀어 버렸다.

'군대는 죽기 아니면 살기로 가는거다!' 스스로의 맹세를 했다. 친구들과 헤어지는데 나의 눈가엔 뜨거운 눈물이 흘러 내렸다.

입소하는 날 첫날부터 내무반장한테 누우런 육군운동화로 싸대기를 이십대가 넘게 맞았다. 향도를 하라고하는데 안한다고 개기다 *허벌나게 얻어터진 것이다.

한참을 정신없이 얻어터지다보니 "예 !제가 하겠습니다!" 하고 목소리가 배에서부터 나왔다.

난 그렇게 45일을 훈련소에서 *좆빽이를 깠다.

그리고 아주 늦가을 퇴소식을 하였다.

다른 동기들 부모님들은 떡, 통닭 ,과자, 온갖 맛난 것들을 가지고 면회를 오는데 우리 어머니는 보이지 않았다.

퇴소식이 거의 끝나갈 무렵 허겁지겁 우리 어머니·아부지가 오셨다.

난 눈물이 핑도는데 군복으로 눈물을 닦았다.

"직행버스를 놓쳐서 늦었다"고 하셨다.

인절미에 통닭에 단술(식혜)까지 만들어 오셨다.

어머니는 입대 후 열흘 만에 훈련소에서 도착한 나의 옷을 보고 옷을 껴안고 하도 눈물이 나서 한참을 엉엉 우셨다고 했다.

PX에서 사온 맥주를 한 병 *까고 그 이야기를 들으니 나도 울음이 나오려 했다.

난 마음을 삼키며 "엄마 인자 고생 끝났으니 울지 마세요" 하고 어머니를 달랬다.

(난 그 후로 전투경찰로(전경)으로 차출되어 30개월 동안 하루도 빠짐없이 *뚜드리 맞으며 군대생활을 마쳤다.

만약 우리나라 헌법에 국방의 의무가 없었다면 우리의 인생은 어떻게 달라져 있을지도 모른다.

*부애 : 표준말 부아. 전라도 방언
*묵고 : '먹고'의 전라도 방언
*백꼬 : '하얗게 밀다'라는 뜻의 전라도 방언

* 좃빽이 : 억울한 일을 당하거나, 힘아 들 때, 뺑이 친다는 말을 쓴다. '좃'은 비속어, 하여 억울한 일울 억지로 하게 될 때를 일컫는 말이다.
* 까고 : 먹고, 혹은 마시다 라는 전라도 방언
* 뚜드러 : '두들겨'의 전라돈 방언

하구언

가을 으악새(억새 꽃) 줄기가
가을바람에 흔들리는데
하얀 가을 꽃은
이쁘게도 피어
바람에 나부끼는 밤이다.

이 가을에 또 무슨 꽃이 피어날까?
첫 눈이 *내리드락까지만 너는 나부끼면 된다.
다음 계절은 눈꽃세상의 계절이니
너는 하얀 솜이불을 마음껏 보듬고
푹 잠들어 있으면 그만이다.
자연은 계절마다

새로운 꽃씨를 땅에 머금고
다음 계절을 준비한다.

한 번 눈을감고 상상해 보자.
내 인생의 시방은 어느 계절이고
다음 계절을 위해 무슨 씨앗을 준비해 놓았는지.

인생과 세상을
자기마음대로 보고 생각하는 사람은
사람과 세상을
보이는대로 보는사람을 절대 이길수 없다.
물은 한 방울이 스며 물줄기를 만들고
시내를 만들고
그러다 강이라는 것을 만들어
결국은 바다로 흘러간다.
나는 오늘도 꿈을 꾼다.
이 역병의 계절이 끝나면
세계 두 번째 강 콩고강으로 떠나리라
그 강 하구언은 넓이가 천미터인데
강속 깊이가 천미터나 된다고 한다
하구언~

강과 바다가 만나는 곳
그 곳이 인생의 종점이다.
바다는 겸손해서
온 세상 강물을 껴안고 사는거다.
우리의 생이 하구언에 닿기 전에
우린 어떻게 살아야 할까?

가을에는 송이버섯을 먹는다

가을이 오면 나는 유독 좋아하는 버섯이 있다. 송이버섯 이다.

송이는 소나무의 버섯이라는 의미를 뜻하는 (松茸)라는 한자어다.

송이버섯의 유래를 살펴보면 송이버섯은 삼국사기 기록에 신라 성덕왕에게 진상했다고 나오고, 조선시대에도 영조가 "송이, 새끼 꿩, 고추장, 생전복은 네 가지 별미라, 이것들 덕분에 잘 먹었다." 하며 지극히 아끼던 음식이었을 정도로 삼국시대부터 조선시대까지 대대로 왕에게 진상하던 귀한 식품이었다. 조선왕조실록에도 송이버섯은 지역별 대표적인 진상품으로 기록되었으며, 한술 더떠 토산품으로는 드물게 중국 사신에게까지 선물하여 "송이버섯을 선물하는 것은 최고의 정성"이라고 했을 정도이다. 실록의 세종 5년(1423) 8월 21일자 기사에 '사신이 요구한 물품을 준비하도록 했다.'는 기록이 나오는데, 요구품 중에 송이도 있다. 중국 사신이 먼저 나서서 달라고 하는 식재료였던 것이다.

왕실뿐 아니라 양반층이나 일반 백성들도 송이를 귀하게 여겼다. 13세기 고려시대 문신 이인로는 파한집에서 "송이를 바친 사람이 있었다." 하면서 "소나무와 함께하고 복령의 향기를 가졌다."라고 평하였다. 아랫사람이 윗사람에게 선물하는 귀한 물품이었던 것이다. 14세기 고려시대 목은 이색은 동국이상국집에서 "예전 사람들은 신선이 되겠다며 불로초를 찾아다녔는데, 신선이 되는 가장 빠른 길은 멀리서 찾을 것이 아니라 송이버섯을 먹는 것" 신선놀음도 돈이 있어야 할 수 있다이라는 시를 남길 정도로 극찬했다. 또 목은집에도 벗으로부터 송이버섯을 선물받고 "보내준 송이를 가지고 스님을 찾아가서 고상히 즐기겠다." 라고 기뻐하며 대단히 고마워한 기록을 남겼을 정도였다.

이러한 송이 사랑은 조선시대에도 그대로 이어져 서거정(徐居正·1420~1488)은 문집 사가집(四佳集)에서 "팔월(음력)이면 버섯 꽃이 눈처럼 환하게 피어라, 씹노라면 좋은 맛이 담박하고도 농후하네." 하고 송이를 예찬하는 시를 남겼고, 유몽인은 어우야담에서 우리나라의 진기한 음식으로 묘향산과 금강산의 송이버섯구이를 꼽았다. 동의보감에도 "송이는 맛이 매우 향미하고, 송기(松氣)가 있다. 나무에서 나는 버섯 가운데서 으뜸이다."하고 명하는 등, 명실상부하게 으뜸 대우를 받는 버섯이었다. 송이는 이처럼 뜻깊고 귀한 물품으로 간주되었다. 이렇게 사랑받다 보니 요리방법도 다양하게 발달하여 조선시대 한글 요리서 음식디미방에는 만두, 대구 껍질 느르미, 잡채 등 다양한 양반가 요리에 송이버섯을 사용하는 조리법이 기록되어 있다.

송이버섯을 고향에 가서 가족들과 먹고 장모님과 먹고 사랑하는 내 측근들과 함께 먹었던 가을의 송이……….

15년 전 중국 선전(심천)에서 식당을 두 개 할 때 중국신문에서 읽었는데 중국갑부들은 한끼의 식사를 위해 1인분에 4,000만 원을 쓴다고 했다.

백두산에서 캔 100~200년된 산삼으로 삼계탕을 끓여서 자기가 존경하는 지인과 한 끼 식사를 위해 기꺼이 돈을 아끼지 않는 것이다.

내가 그 한 끼를 살 수 있는 능력자이면 좋은 것이고, 그 능력자의 친구가 되어 고급호텔에서 그와 식사를 함께 하고 인생을 함께한다면 그 시간도 축복이지 않을까 싶다.

구운 송이의 향이 오랫동안 여운을 남긴다.

가을 강, 삶에 대한 명상

　가을 강가에 텐트를 치고 빨간 노을이 익어가면 매콤하게 끓인 다슬기물 국(국물)에 52도 짜리 중국 명주를 마셨다.
　이 강물이 흘러 흘러가 섬진강 하구언(바다와 강이 만나는 곳)에 닿으면 바다는 엄마처럼 강물을 보드랍게 껴안는다.
　인생은 강물처럼 하구언에 닿으면 종점이다.
　우리네 인생의 강물은 시방 —
　어디쯤을 흘러가고 있는가?

　사람들은 건방지게 높은 곳만을 향해서 인생길을 간다. 돈을 더 벌기 위해, 권력을 얻기 위해, 한 평이라도 땅을 더 사기위해 발악을 하면서 아둥바둥 살다가 엉겹결에 하구언으로 흘러가 버린다. 기가 막힐 노릇이 아닌가?

　나는 요번 추석에 싸가지 없는 놈을 두 놈 만났다. 내가 무시당했다고 열받을 일도 아니다. 강물처럼 흐르다 큰 바위를 만나면 피해서 흘러가면 그만이다.
　이제 쪠깨밖에(조금밖에) 남지않은 생의 길위에서 모든 것을 포용하려 가슴아파하지 말며 가자.

흐르는 강물처럼 대가리(머리)를 푹 숙이고
겸손하게 내맘대로 흘러가면 그만이다.

일기를 쓴다는 것

난 국민학교 때부터 일기를 썼다. 5~6학년 때인가 약 10여권 있던 일기 노트를 소죽끓이는 부엌에다 태워버렸다. 어린 마음에 문득 쑥쓰러운 생각이 들어서였다.

1970년대의 고사리 같은 추억이 한 방에 날라갔다. 그 후로 중1때부터 써놓은 일기장은 고스란히 간직하고 있다.

가을, 독서의 계절에 내가 써놓은 50권이 넘는 일기장을 심취되어 읽어내려가고 있다. 고등학교를 졸업히고 내 인생을 코치해주는 사람이 없어서 아무대학이나 들어갈 수 있었는데……

재수ㆍ삼수를 하던 허무한 세월들을 보면서 한숨이 나왔다. 막 대학생활에 흥미를 느끼던 때 군 입대하기 5일 전에 영장이 나와 30개월 동안 흠씬 두들겨 맞고 내 육신이 국가라는 부속품이 되어 군대라는 영창에 갖혀 있을 때, 내 영혼이 피 흘리는 모습의 군생활 5권의 일기를 읽으며 눈물이 흐르고 한숨이 나오고 가슴이 미어지게 아려왔다.

대학졸업 후 현대자동차에 입사해서 사랑하는 아내를 만나 결혼을 하고 IMF 때 희망퇴직을 하여, 지금은 조그마한 구멍가게를 운영하고 있다. 글을 쓴다는 것. 일기를 쓴다는 것.

타인을 위해 보여주려 쓰는게 아니다. 자기 지신과 투쟁하기 위해 쓰는 것이다.

아돌프 히틀러는 감옥에서 『나의 투쟁』이라는 책을 완성했다. 2차 대전을 일으키기 전까지는 그는 존경받고 정치를 아주 잘하는 훌륭한 독일의 지도자 였었다.

지금까지 작가가 써온 60여 권의 일기장들

이제 나의 투쟁의 역사를 발췌하여 올 해가 가기전에 탈고하려 한다.

늘 인생의 전쟁터에서 고뇌하는 젊은이에게인생이 무엇인지 묻는이에게 내가 요리를 좋아하는 것처럼 인생은 어떻게 요리하면 맛이 있고 맛깔스럽게 사는 것인지를 몇 글자 적어보려한다.

내가
이 세상에 태어나
세상과 사회와 사람들에게
사랑받고 축복받고 살아가는
이 행복함에 대한 보답의 의무를
조금이나마
사람들에게 선물하고 싶다.

인생은 끊임없는 계급투쟁의 연속이다

가을의 창가에 서서 코냑을 한 모금 머금어 본다. 몇 일전 시골에서 가져온 1986년 군대생활 때 써놓은 일기장을 읽어 내려가다가 갑자기 눈물이 흘렀다.

사랑하는 사람에게 편지를 써놓고 호주머니에 20원 밖에 없어서 편지를 보내지 못한다는 내용이었다. 그 당시에 우표 값이 60원 이었었다.

일병 때 월급이 4,000원 정도였다. 그 중에서 분대비·소대비로 2,000원을 내고나면 늘 나는 거지였다.

쫄병 때 사복이 한 벌 있었지만 세탁을 하지않아서 옷소매에는 새까만 ✻ 때꼬장물이 엉켜 있었다.

대가리에서는 하도 '대가리박아'를 많이해서 새끼손가락 손톱만한 딱지가 머리를 비빌때마다 우수수 떨어졌다.

군대생활은 아침부터 구타가 늘 있었다. 구타당하기 싫어 아침도 굶고 화장실에 숨어서 담배를 피우고 있으면 고참들이 밥 안 먹으러 온다고 잡으러 와서 또 구타를 당했다. 또, 배식할 때 고참에게 고기를 조금 주었다고 우리 동기들은 또 구타를 당했다.

다 지나간 이야기지만, 이 기가 막힌 사연을 우리 어머니가 아셨으면
아들을 군대에 보내고 얼마나 마음이 아팠을까? 하는 생각을 해보았다.
우린 모두 이렇게 슬픈 군대생활을 30개월을 하였다.
이병에서 병장까지 말이다.

　사회학에서 "인생은 계급투쟁의 연속"이라고 한다. 프롤레타리아에서
브르주아를 향한 끊임없는 투쟁. 나는 계급투쟁을 위해서 나의 젊음과 인
생의 배터리를 이제 70%는 써 버린것 같다. 대학을 나오고, 사업을 하고,
또 건강을 위해 노력하면서 살아왔다. 그리하여 나의 계급투쟁은 어느 정
도 완성된 것 같다.
　이제 내 인생에 남은 30%의 배터리는 어떤 무엇을 위해 살아야 하는가?
하는 숙제가 남아있다.

자유인의 인생

'나는 자유인이다' 라는 프로그램이 인기를 끌고있다. 과연 자유인이란 자연과 함께 사는 사람일까? 하는 궁금증을 일으킨다.

오늘은 새벽6시부터 경운기로 로타리를 치고 고랑을 만들고 비닐을 치고 형님과 마늘 다섯 *두럭을 심고 쪽파가위로 다듬어 싸문악 앞 밭에 심었다.

오늘 하루 한 달 동안 운동할거 다 해버린 것 같다. 그만큼 많이 움직였다는 말이다.

우리 5남매는 올해, 마늘, 쪽파걱정은 안해도 될 듯 싶다.

오후에 짬을 내서 가래를 밭에 가서 호박잎 따고 번암과수원에 가서 사과 따고 내가 예전에 산책하기 가장 좋아하는 곳 섬진강 상류 강뚝(둑)에서 자유인의 포즈를 취해 보았다.

세월은 몇 십 년이 흘러도 강물은 변함없이 바다로 흘러간다. 나도 지나간 세월을 반추해 보니 자유인으로 멋지게 살아온 것 같다.

좀 더 많이 이에게 웃음을 주고 안부를 묻고 막걸리 한 사발을 마셔도 먼저 지갑을 열며 베푸는 인생을 살아가고 싶다.

내가 살아생전 내가 쓴 돈은 내 돈이고, 모아놓은 돈은 남의 돈이기 때문이다.

열심히 벌고 나를위해 돈을 쓴다는 것 이는 자유인의 인생이다!

*두럭: '두락'이 표준말. 두럭은 주로 강원도, 전라도에서 주로 사용하는 방언이다. 논밭 넓이의 단위. 한 두락은 볍씨 한 말의 모 또는 씨앗을 심을 만한 넓이로, 지방마다 다르나 논은 약 150~300평, 밭은 약 100평 정도를 말한다.

가을에 생각하는 추석의 의미

우리 생의 한가운데서 맞이하는 추석 - 우린 무엇을 위해 살고 있는가? 우린 누구를 위해 살아야 하는가? 봄에 심은 나락은 옹실 옹실 대가리를 숙이는 이 가실(가을).

난 내 인생의 봄에 자신하게 꿈꾸었던 열매는 이 가을 어디에 있는가?

시간과 세월은 내가 잣대질 한 것보다 겁나게 빨리 지나가 버린다. 혹시 내 인생의 하구언을 생각해 본적이 있는가? 인생의 하구언은 내 삶의 종점이다. 우리 부모님이 생존해 계시는 동안 우린 추석명절을 얼마큼동안 함께 할 수 있을까?

시골 밤산에는 온천지 *사방간데서 알밤이 익어 나뒹구는데. 내가 그토록 사랑했던 당신은 서산 산촌초목 으악새 울음소리 따라 먼 산으로 떠나시고 고향집 넓은 별장에는 가을 여치소리만 내 가슴에 스며든다.

지금이 생의 한 가운데 같지만 우리도 당신이 가버린 길은 가야 한다. 요번 추석에는 나를 가장 아끼고 보듬어 주신 분들께 무언인가를 보답하는 추석이면 좋겠다.

*산뻬아다기 심어 놓은 토린밭에 *쇠시랑을 들고가서 밑 잘 영근 알토

란을 캐다가 다라진 놋수저로 닥닥 긁어서 학독에 들깨 득득 갈아서 내가 가장 사랑했던 당신께 정성스럽게 토란국을 한 그릇 드리고 싶다.

언뜻 생각하면 우린 늘 우리생의 한 가운데 살고 있는 것 같지만 *깔끄막을 넘어 내리막 길을 가고 있는지도 모른다. 그리하여 시간이 지나면 우리에게 남는 것은 변하는 것과 없어지는게 삶의 진실이다.

호주머니가 추워도 사랑으로 가득한 한가위이기를 기원해 본다(고향에 와서 몇 글자 써본다)

*사방간데서 : '사방 여러곳에서'의 전라도 방언
* 산빠이다기 : '산 비탈길'의 전라도 방언
* 쇠시랑 : 쇠스랑
* 깔끄막 : '벼랑'의 전라도 방언

제 6부
긴긴 겨울밤 & 젊은 청춘에게

베트남은 위대한 나라이다

밤이 되고 홍등이 바람에 흔들리는 베트남 하노이. 이 나라는 크리스마스도 휴일이 아니다. 서양놈들 신이 태어난 거하고 무슨 상관이냐고 오히려 되묻는다. 세계를 정복한 징기스칸 군대를 세 번이나 물리친 나라. 그리하여 몽골군대도 정복하지 못한 나라 200년 동안 지배해온 프랑스군인을 3만명 몰살시키고 독립한 나라. 코큰 미제놈들을 16년 동안 땅굴속에 숨어서 싸워 끝끝내 승리한 나라. 1980년대 정규군은 크메르루즈군을 몰아내기위해 캄보디아로 모두 투입되었을 때 중공군50만 명이 베트남북부를 쳐들어 와 미국과 16년동안 싸워왔던 향토예비군 군대로 중공과 싸워이긴 나라. 등치는 사람들이 *쩨깐한데 어디에서 이러한 에너지가 나오는걸까? 인구1억. 현재 GNP 2,800$ 머지않아 1만달러 시대가 될 것 같다.

내 생각엔 10년 안에 중국의 GNP를 앞지를 수도 있을 것 같다. 근데 이 나라의 GDP 30%를 한국기업이 창출해 낸다고 한다. 베트남사람들은 세계에서 한국이 제일 멋있고 앞으로 한국같은 선진국이 되고 싶어 한단다. 그래서 베트남여자들은 한국의 연예인과 한국화장품을 선호한다. 화장품은 한국이 점유율1위. 그다음 태국. 일본, 유럽, 미국순위로 팔리고 있다.

우리 코링코 코스메틱도 베트남에서 유명상표로 뜨고 있다. 어떻게 베트

남독점 회사를 지원해야 할지 어떤 상품을 만들어야 베트남여인들의 마음
을 사로잡을지 하노이 호텔에서 외롭게 밤을 지새며 생각해본다. 베트남
은 위대한 나라이다.

시베리아의 겨울나무처럼
인생도 지혜롭게 살자!

영하 50도의 혹한속에서도 시베리아의 겨울나무는 얼어죽지 않는다고 한다. 나무 몸속에 수분을 모두 뿌리로 내려보내 버려서 수분을 없애버리기 때문이다. 그리고 봄이 되면 꽃을 피우고 이파리를 무성히 피운다. 얼마나 지혜롭고 놀랍습니까? 인생도 마찬가지라고 생각한다.

한 해가 갈수록 영원히 떠나가는 사람도 많아지고 어른으로써 책임질 일, 결정해야 할 일 체면치레 해야 할 일들이 늘어만 간다. 그러나 이렇게 바삐 인생의 오솔길을 걷다보면 나란 존재는 철저히 외톨이라는 느낌을 받기도 한다. 이제 조금은 자신을 아끼고 사랑하세요. 자신이 가장 해보고 싶은거 먹고 싶은 거 가장 가보고 싶은 곳으로 혼자든 둘이든 가볍게 여행을 떠나세요. 세상은 소유한 자의 것 같지만 그 소유를 크던 작던 즐기는자의 것이기 때문이다. 올 한해 자본주의 벽돌공장속에서 네모난 벽돌의 틀에 맞추어 힘들게 노고하신 당신께 이 노래를 보내본다.

시베리아 겨울나무처럼 지혜롭고 여유롭게 살아가기를 바랍니다.

아래 꽃은 12월 초 안면도에서 찍은 해당화

행복한 가정

"행복한 가정은 모두 비슷한 이유로 행복하지만 불행한 가정은 저마다의 이유로 불행하다"

레오톨스토이 안나 카레니나를 여는 이 첫 서술은 세계문학사상 가장 유명한 첫 문장으로 꼽힌다.

우리 나라는 한 해25만 쌍이 결혼하고 10만쌍이 이혼한다고 한다.

가정을 지켜나간다는 것 은 지아비와 애비의 도리를 한다는 것은 힘겨운 일임에 틀림없다. 그래도 우리는 건실한 가정을 꾸려 나가기위해 끊임없이 노력하고 있다. 그래서 결혼은 중립기어도 인정되지 않고, 빠꾸기아는 더욱 용서받지도 용납되지도 않는다.

쉼 없이 가정과 인생이라는 무거운 짐을 지고 우리는 프란시스 쟘의 당나귀처럼 앞으로만 앞으로만 나아가야 한다.

결국 당나귀는 늙고 짐을 실어 나를 수 없을 때 고기는 정육점에 잘 말린 질긴가죽은 구두공장으로 보내진다.

자기 자신의 인생시계를 바라보자. 내 인생의 베터리는 몇 프로를 사용했고 지금 몇%밖에 남지 않았는지?

인생의 허무를 말하려는 게 아니다. 인생의 베터리가 얼마만큼 남겨져 있는지를 스스로 즉시하고 생을 즐기고 타인에게 조금이라도 베풀고 오늘이 내가 살아있는 날의 내 생의 가장 젊은 날임을 감사하며 행복을 스스로 감지한다면 우린 좀더 소중한 인생을 살아갈 수 있지 않을까? 하는 생각을 해본다.

훌륭한 사람

가을도 만추가 되어 단풍은 붉게 타들어 간다.

우리 모두에게 닥친 코로나라는 전염병은 우리의 소중한 인생을 벼멸구처럼 마구 갉아 먹고 있다.

코로나가 터지고 우리나라 자영업자 21만 명이 사라졌다고 한다.

참!!

기가맥힐 노릇이다.

각 개인마다 표현을 안하고 그냥 넘어가려고 해서 그렇지 인생은 멜랑꼴리 (우울하다.구슬프다)하다.

나는 요즘 유년시절의 기억들을 더듬어 몇 편의 수필을 써 보았다.

그 때는 소박한 것에 기뻐하였고 아주 작은 물질에 감탄도 하였다.

아무리 힘들어도 시방이 60년대 1970대 보다 힘들까?

그 때는 한끼의 식사가 소중했고 소고기미역국에 흰 쌀밥을 배터지게 먹어 보는것이 누구나 소원이었다.

이제 국가는 부강해지고 우리의 살림살이도 부유해졌지만 우리의 영혼은 더 가난해져만 간다.

자본주의에 염장되어 버린 우리의 영혼은 국가도 사회도 개인도 너무 철학이 궁핍하기 때문이다. 그래서 이 가을 우리는 대체적으로 고독하다.

우린 어렸을 때부터 "훌륭한사람" 이 되어야 한다. 이런 이야기를 귀가 아프게 듣고 자랐다.

훌륭한 사람은 이순신장군도 아니고 유관순 누나도 아니다. 각자의 개인
이 사회인이 되어 직장에서 사회에서 소처럼 묵묵히 일하며 행복한 가정
을 가꾸어 가는 것...

이것이 소박하게 훌륭한 사람이다.

우리 사회의 교육에서 훌륭한 사람의 정의를 너무 형이상학적으로

확대회시켜서 그 명제를 이해하는데 나는 시간이 너무 오래 걸렸다.

인생은 어느 누가 우리에게 *매겁시 행복을 부여해주는 것이 아니다.

자기 스스로가 인생을 사랑하며 난관을 뚫고 자기스스로 행복해 질 때
타인도 사랑할 수 있기 때문이다.

그리고 그 사람이 훌륭한 사람이라고 생각한다.

*매겁시: '맥없이'의 전라도 방언

인생을 가난하게 살지 말자

레버리지(Leverage)는 기업 등이 차입금 등 타인의 자본을 지렛대처럼 이용하여 자기 자본의 이익률을 높이는 것을말한다.
(= 레버리지 효과, 지렛대 효과)

우린 인생을 레버리지 할 것인가? 레버리지 당할 것인가?
80:20법칙이란것이 있다. 이것을 '팔레토 법칙' 이라 한다.
모든 수익은 자기가 힘쓴 20%에서 80%의 수익이 나온다. 자기는 20% 잘 하는것에만 집중하고, 80%는 직원이나 타인에게 맡겨야 한다.
나는 이것도 잘하고 저것도 잘 한다고 시건방 떨지말고겸손하게 나는 무엇을 가장 잘 하는지를 최대한 잔머리를 굴려서 생각해 보면 어떨까?

사람들은 그렇게 생각한다.
'나중에 돈을 벌면'
'나중에 건물을 사면'
우리에게 나중이란 없다. 이리저리 미루다 보면 죽을때까지 꿈을 이루지 못한다. 그러니 필요한 것이 있으면 지금, 원하는 것이 있으면 지금 현재를 즐겨라.
포기할 것은 과감히 포기하고 자신이 아주 잘 하는것에 집중하여 수익과

능률을 끌어올리며 그 시간에 인생을 즐겨야 한다. 그러다보면 인생을 늘 풍요롭게 살수 있을 것이다.

인생을 기다리지 말아라

"인생에서 기다리지 말아라" 이 말은 언제나 명언이다.

인생은 기다리고 망설이다 보면 모든것이 지나가 버리게된다.

보고픈 사람이 있으면 그 즉시 카톡을 보내길 바란다.

당신이 그리워 하는 사람도, 당신의 글을 읽고, 당신을 그리워하고 있었기에

몹시 기뻐할 것이다.

당신이 갖고 싶은 것, 당신이 무언가를 소유하고 싶은 꿈이 있었다면

그 소유를 위하여 때로는 발악해도 좋다고 생각한다.

아주 자그마한 것도, 소유의 꿈만으로 이루어지는 것은 아무것도 없다.

당신이 이제껏 살아온 당신인생의 그림자를 눈을 감고 더듬어 보면 알 것이다.

인생에서 아무것도 하지 않으면 아무 일도 일어나지 않듯이, 인생을 막연히 기다리면은 모든것이 그냥 지나가 버린다.

인생은 꿈꾸는 자의 것이고, 그 꿈을 위해서 한걸음씩 전진하는 것도 삶을 살아가는 목적이다. 인생을 좀 더 능동적으로 적극적으로 사는 것이 필요하다.

노블레스 오블리주 Noblesse oblige

"귀족은 의무를 진다"는 뜻의 프랑스어 표현이다. 이 표현은 프랑스의 작가 겸 정치가인, 레비 공작 피에르 가스통 마르크(Pierre Marc Gaston de Lévis. 1764-1830)가 〈격률과 교훈〉(Maximes et réflexions sur différents sujets)(1808)이라는 책에서 처음 쓴 것으로 알려져 있다.

부와 권력은 그에 따르는 책임과 의무를 수반한다는 의미를 가지며, 주로 사회 지도층 혹은 상류층이 사회적 위치에 걸맞는 모범을 보이는 행위를 표현할 때, 혹은 그것에 완전히 반대되는 행동을 하는 이들을 비판하는 용도로 사용되었던 표현이다.

8.13일, 산동초등학교개교 100주년.산동면민의 날 행사를 축하하기 위해 우리회사 화장품 800만 원 어치를 기부하게 되었다. 아주 작은 마음이지만 선물받는 사람들 순간이나마 행복해 지기를 기도해본다.

그리고 이번 12월에는 용산구청에 불우이웃돕기에 참가했다. 현금 백만원과 화장품 · 메이크업브러쉬 3,500만원을 기부했다. 나의 작은 마음으로 사람들의 마음이 잠시나마 따뜻해지면 좋겠다.

조휴기 문학 장학금

학창시절, 난 제법 책을 많이 읽었었다. 그때는 책도 귀했고, 책을 보고 싶어도 볼 수가 없었다. 나의 문학적 소양은 그때 다 다듬어진 것 같다.

나는 내 이름으로 된 '조휴기 문학장학금' 을 만들었다.

이 장학금을 만들게된 동기

꿈많은 소년시절 교과서공부가 인생의 전부는 아니라는 것을 학생들에게 자연스럽게 인식시키고 시와 소설속에 또다른 삶의 과인생의 지표가 있다는 것을 학교의 선배로써 일깨워 주고픈 간절한 바람으로 만들었다.

또한 작문실력을 향상시키려면 수많은 독서와 일기쓰기 .편지쓰기를 하여 최종적으로는 대학 논문시험에도 얼떨결에 대비할 수 있다고 사료되기 때문이다.

선정기준은 다음과 같다.

학교성적은 상관없고 시와 문학을 좋아하는 학생으로, 가정형편 고려하지 않는다. 문학에 대한 열정만 있으면 된다.

해마다 주제를 선정하여 A4지 2~3장으로 수필이나 시, 연애편지를 써서 제출하여 평가한다.

평가위원~박중근선생님외 3인의 선생님 장학금총액~230만원
(우수상~100. 준우승~70 장려상~60(30씩 2명)

고등학교때 문학소년이었던 나는 내가 코링코 대표로 재직하는 동안 계속해서 문학상에 상금을 늘려서 후원을 하기로 했다.

장학금 기부자~6회 3~2반 조휴갑(휴기)
현재 주식회사 코링코대표로써 해마다 한 번씩 기부하겠다는 의사를 밝혔다. 보다 많은 학생들이 혜택을 보기를 바란다.

행복을 꿈꾸는 젊은이에게

사람들은 누구나 출세하기를 바라고
부자가 되고 싶어한다.
하지만 그 길은 아주 험난하고 바늘구멍보다
통과하기가 어렵다.

깜양에 준비도 안된상태에서 갈매기처럼
하늘을 날으려 한다.
자신의 꼬락서니를 스스로 인정하여야 한다.
그래서 한 계단 한 계단 조금씩 올라가야 한다.

주식에 빠지지 마라.
비트코인에 빠지지 마라.
100명 중에 한 명만 성공하는 게임이다.
너는 특별히 행운이 따라줄거라고
착각하지 말거라.

세상을 찬찬히 뚫어지게 관찰하라.
한 자리에서 세상을 보지말고 돌아다니면서 보고

높은 곳에서 네가 사는 마을을 보라.
누구집 소는 어디있고 누구네 똥개는 어디 있고
누구집 염소는 몇 마리인지 볼 수가 있다.

나는 맨몸으로 서울에 올라와 현대자동차에 영업사원으로 입사하여
2년만에 아파트를 샀다.
나는 우수사원이었다.
차를 한 대라도 더 팔기위해 자전거를 타고 영업을 하였다.
영업하는동안 자전거를 세 대나 잃어버렸다.

남들이 잘된다고 따라가지 마라.
그 길은 행복의 길이 아니라 독배의 길이다.

나는 화장품을 기획해서 만들 때
남들이 만들지 않는 것만 만드는 것을 좋아한다.
그래야 살아남을 수 있기때문이다.

8년 전인가 나는 코뽕(코속에 제품을집어넣으면 뽕브라처럼코가
2~5mm 높아지는 아이디어 셀프성형도구)이라는 상품을 한국에 처음으
로 출시했다. 난리가 났다. KBS에서 우리회사를 취재를 나오고… 일본 10
군데 이상의 회사에서 일본 독점권을 달라고… 지금도 꾸준히 판매되고 있
다. 이 제품을 처음 만들 때 남이사는 나를 또라이라고 생각했다고 한다.

우리집은 가난하다고
우리 부모는 능력이 없다고
나는 운이 따르지 않는다고 비관하지 마라.
아무리 비관한들 너에게 돌아오는 것은 아무것도 없다.
그렇게 한탄하며 쏘주 마시고 베른빡(벽)을 주먹으로 때려도 너의 주먹

만 아프다. 그 시간에 차라리 오토바이를 타고 통닭을 배달해라.

 사람도.국가도 능력이 없으면 슬프다. 인생도 호주머니가 추우면 마음이 춥다. 우린 춥게 살지 않기위해 어떻게 해야 할까?

 이 세상에 태어나 평범하게 살다가 가고 싶은사람은 아무도 없다.

 평범한 인생이 싫다면 평범한 보편적인 고정관념에서 탈피하여 남들이 생각하지 않은 블루오션의 영역을 스스로 찾아 나서야 한다.

 행복은 막연하게 굴러오는게 아니라 피땀흘리며 노력하는 이에게만 찾아오는 것이다!!

우리를 행복하게 해주는 사람

봄안개가 자욱한 아침이다. 새벽 3 시 반에 일어나 어제부터 읽은 동네
철공소벤츠에 납품하다 라는 450페이지의 책을 읽었다.
　어제 저녁에 하지감자 긁어서 끓여놓은 아욱된장국에 아침을 먹고
고로쇠 물에 블랙Coffee를 마셨다.

　사람들은 사회와 정치와 다른국가들의 큰 이슈에 휩싸여 우왕좌왕 살아
간다. 혹은 자신의 의견과 일치하지 않은 까닭으로 화를 내고
그 화로 인해서 마음의 상처를 받기도 한다.

　세계화 속에서 너무 큰 기업의 영업이익이 얼마고, 세계 갑부의 재산이
얼마이며, 누구 누구는 어떤 사업을 해서 떼돈을 벌었다는 뉴스미디어의
소비자들 입맛에 맞는 기사만 가득한 세상을 살아가고 있다.

　우리를 행복하게 만들어 주는 사람은 과연누구일까? 바로 자기 자신밖
에는 없다. 자신을 위해 자신이 좋아하는 운동도 하고
자신을 위해 돈도 벌고, 자신을 위해 소비도 해보아야 한다.
　행복은 멀리 있지않다. 늘 가까이 있는데 그것을 늘 잊고 산다.
　오늘 살아있음이 행복이요, 오늘 하루도 무탈한 것이 행복이다.

오늘 하루를 잘 보낸다는 것은 나를 위해 알게모르게 기도해주는 사람이 많아서 그런다고 한다.

그렇다. 내가 행복하기 위해서는 다른 사람의 행복도 빌어주어야 하는 것은 자명한 이치이다.

마음이 넉넉하고 운 좋은 사람과 만나라

세상을 살다보면 여러 사람을 만난다. 학교다닐 때 군대생활 때는 무조 건적인 만남이다. 하지만 사회생활 때는 내가 사람을 선택하여 만날수가 있다.

나는 화장품사업을 하면서 용기공장, 박스공장, 가방공장, 브러쉬공장, 수많은 화장품제조공장과 거래하고 있다.

어떤 사람은 물건을 만들기도 전에 돈을 달라고 한다. 그리고 이런 사람 은 물건을 만들어서 AS가 발생하면 자기를 인정하기 전에 남의 탓을 한다.

징징대는 스타일의 사람들은 평생을 징징대다가 간다.

경제적인 여력이 없으니 마음에 늘 여유로움이 없고 징징대는 인생을 살 아간다. 만나서 술을 마시거나 골프를 쳐도 자기 이야기만 늘어놓고 타인 을 배려하지를 않는다.

나는 이런사람들을 터는사람(자기자신 자랑만 하는 사람)이라고 우리 영업부에 교육한다. 자기가 얼만큼 유통을 잘하고 자기에게 독점권을 주 면 이 나라는 자기가 책임진다고 큰 소리를 뻥뻥 친다.

심지어는 자기를 만난것이 큰 행운이 될것이라고 털어댄다. 그러면서 돈 도 주지 않고 온갖 샘플을 요구한다. 결과는 늘 뻔하다. 진짜 선수들은 귀 하게 만들었으니 샘플도 돈을주고 구매를 한다. 그리고 물건대금도 선 입금을 하고 가져간다.

중국천진(텐진)에 이철범이라는 사람이 살고 있다. 브러쉬공장이 2,000 평이고 자기소유다. 이 사장에게 나는 바이어다. 그 곳에 가면 골프비.술 값.밥값 모든것을 다 쓴다.

그리고 한국에 돌아오기 전에는 내가 좋아하는 귀한 중국술을 몇 박스든 사줄테니 가방에 가져갈만큼 가져가라고 한다.

그는 한국에 오면 워커힐호텔 빠찡고 VIP다. 호텔비는 공짜이고 워커힐 호텔측에서 공항으로 영접을 나간다. 그런데 이상하게 카지노에서 놀음을 해도 70%이상의 승율이 있는 행운의 도박사다.

한국에서 돌아갈 때는 이번에는 조금 땡겼다고 사모님하고 식사나 하라 고 봉투를 주고 간다.

우린 코로나 때문에 3년을 만나지 못했다. 그러나 물건은 내가 주문한대 로 정확히 한국에 도착했다.

거래금액이 몇 억이 넘어도 사장님이 주고 싶을 때 주라고 한다.

나는 미안해서 알아서 달러를 송금한다.

경제적으로 여유있는 사람은 마음에도 여유가 있고 말투에도 늘 겸손함 이 묻어난다. 마음이 조급해 징징대는 사람에게는 복이 들어올 여유가 없 는게 인생이다.

넉넉한 사람은 타인을 배려할 여유가 있고 이런 사람들과 자주 만나다 보면 내 자신도 행복해진다.

복은 복을 부르고 운 좋은 사람들과 거래하다 보면 어느새 내게도 운이 따르는게 인생사인 것 같다.

나를 가장 아껴주는 사람

그녀에게서 전화가 왔다. 이문동에 만나 종로 목화드레스에 갔다.

드레스를 구경하고 파고다공원에서 커피를 마셨다. 한강시민공원에 가서 라면.부침개.만두를 먹었다.

서녘에 물든 붉은 노을은 우리 사랑 만큼이나 황홀했다. 파란 잔디에 앉아 이야기를 나누다 48번 버스를 타고 오는데 그녀는 나를 껴안고 아무 말도 없었다.

무슨 생각을 그렇게 골똘히 하냐고 물었더니 한번 알아 맞추어 보라고 그랬다.

나중에 이야기했는데 "자기는 행복한 여자" 라고 생각했다고 말했다.

추석 연휴여서 일주일간 시골에 가서 쉬었다. 형님이 동서에게 봉고차를 빌려와서 엄마, 형, 형수, 조카와 지리산 뱀사골 반선마을 골짜기에 차를 세워놓고 반나절을 도토리를 주웠다. 두가마니 정도를 모았다.

이 도토리로 묵을 쑤어서 나의 결혼식 날 남원에서 서울 계동현대자동차 본사까지 어머니는 귀한 음식을 손님들에게 대접한다고 가져 오셨었다.

우리 논 옆 듬벙에서. 미꾸라지, 붕어 덫을 놓아서 큰 바가지로 가득히 잡았다. 영이씨(나의 아내)는 빨리 서울에 안 온다고 짜증을 부렸다.

싸이판의 해외 신혼여행은 너무 로맨틱했다. 여름 바다의 해변과 마나가아 섬의 물빛은 너무 곱고 아름다웠다. 코코아.야자수나무.바나나나무등이 나의 눈에는 모두 신비롭기만 했다.

이 글은 1992년 아내와 결혼하기 직전 그리고 사이판으로 신혼여행을 갔을 때 일기다. 그녀와 결혼한지 30년이 넘었다.

오늘도 주말농장에서 고구마를 반푸대 캐어 왔더니 엄청 행복한 표정을 짓는다. 아들, 딸이 백화점에 옷사러 간다고 같이 가자고 한다.
내가 천 만 원어치 산다고 했더니 자기는 천 이 백만원어치 카드를 긁어도 된다고 하면서 나를 꼬신다.
"아니야.내 돈으로 사도 되니까 애들 옷이나 사주고 와" 하고 나는 오후내 3권짜리 소설책을 다 읽었다.

나는 이 세상 어느 누구보다도 나의 아내 손예록(영이)을 사랑한다.

나는 아시아의 털 장사다

내 인생을 화장품회사 사장으로 인도한 두 은인이 있다. 한 명은 중공과 수교하여 노태우대통령 때 중국상해로 용감하게 넘어가 메이크업 브러쉬를 전수해 준 소순원이라는 우리마을 후배다. 나는 이 후배와 동업하여 중국 선전(심천)에서 식당도 두 개나 오픈했었다. 또 한 명은 나를 색조 화장품 전문가로 인도한 남화진 이사다.

나는 20년 이상을 털을 연구하고 있다. 보통 여자들이 색조화장품을 사용하면서 처음에는 손까락으로 화장을 한다. 점점 스킬이 요구되면 그 때부터는 브러쉬(화장솔)을 사용해야 전문적인 화장을 할 수 있다.

연예인·배우·신부화장등… 화장을 해주는 사람을 메이크업 아티스트라고 부른다.

나는 그 붓을 만드는 전문가다. 한 때는 우리나라에서 브러쉬를 가장 많이 판매했다. 지금도 한국에서 팔고 있고 중국텐진 코메트브러쉬공장에서 브러쉬를 만들어서 수출을 한다. 일본 30,000개 오프라인 매장에서 절찬리에 판매중이다. 색조화장품은 미국·일본·러시아·대만·태국·남미·말레이시아·베트남등 여러나라에 수출하고 있다.

털에는 여러종류가 있다. 브러쉬를 만드는 털은 말털·양털(백천봉·휘광봉·황천봉…) 산양털·회수모·날다람쥐 털·족제비 모등이 대표적이다.

그 중에서 가장 비싼털은 족제비 털이다. 족제비 털중에서 꼬리부분털이 가장비싸다. 지금 시세는 1kg에 1.000만 원을 호가한다. 면도할 때 턱부분에 거품크림을 바르는 털은 너구리털을 사용한다. 여자들 눈썹을 반짝반짝 빛나게 하는데 사용하는 눈썹빗 브러쉬털은 돼지털을 사용한다.

털을 연구하다 보면 미용학에서 털은 아주 소중한 것이다. 머리털을 손질하여 먹고사는 사람들이 얼마나 많은가? 이발사·미용사·메이크업 아티스트·가발사·신부화장사 …

가발의 종류도 수백가지가 넘는다. 여자들이 속눈썹을 아름답게 하기위해 붙이는 속눈썹 종류도 천가지가 넘는다.

이 모든 것을 만드는 원 재료가 털인것이다. 인간에게 털이 없다고 상상을 해보자. 밋밋하게 잉어나 물고기처럼 얼마나 허접할까? 털은 여자를 아름답게 만들어 주는 소중한 것이다.

일년전에 우리회사에서 톡톡하라 라는 속눈썹을 개발하여 현재 대박을 치고 있다. 이 눈썹 역시 나이롱 털로 만든것이다.

좋은 화장품·잘 판매되는 화장품을 개발하기 위해서는 여자의 아름다워지려는 심리를 간파하는 것이다. 앞으로도 나는 여자의 마음·여자의 피부를 연구하며 털 공부를 꾸준히 해 나갈것이다.

왜냐하면 털은 내인생을 부자로 만들어 주었기 때문이다.

톤업 크림

미얀마에 가면 여인들이 얼굴에 하얀가루를 바르고 다닌다. 길거리에 나무장작을 쌓아놓고 판매한다. 이것은 따나까라고 부른다. 따나까나무를 톱으로 썰어서 장작을 만든 다음 장작의 속살부분을 물을 조금 부은 다음 돌로 계속갈면약간 노란색이면서 하얀 진액이 나오는데 이거를 얼굴에 바른다. 따나까를 사용하기 시작한 것은 2,000년이 넘는다고 한다. 태양이 강한 미얀마에서는 자외선차단에 효과가 좋다고 한다. 지금은 따나까 분말을 이용해서 세계여러나라에서 화장품을 만들고 있다고 한다.

한국이나 동남아나 여성들은 피부가 하얗게 변하는 것이 로망이다. 베트남·필리핀·인도네시아·캄보디아·라오스·미얀마·중국·인도·태국… 그 중에서도 태국의 여성들이 그 열망이 가장 강한것 같다. 태국에선 피부가 하얄수록 왕족에 가깝다고 한다.

몇 해전인가 베트남 여자바이어가 회의를 하면서 나에게 간곡하게 부탁을 했다. 베트남여성들은 젓꼭지가 거무스름하니 크림을 바르면 선홍색으로 변하는 젓꼭지 전용 톤업크림을 개발해 달라는 요청이었다. 현재 판매되고 있는 중국화장품 쌤플을 중국에서 구매하여 테스트를 해 보았는데 그다지 좋지 않았다. 여러 회사에 쌤플 요청을 하여 쌤플을 만들어 보았으나 만족할 수 없었다.

이 화장품을 만드는 것이 어려운 거는 아기에게도 해가 없어야 하고 남자에게도 해가 없어야 하기 때문이다. 아직도 나에게는 숙제로 남아있다. 톤업크림에는 Y존의 거무스름한 부분을 한 톤 높여서 밝게 만들어 주는 크림도 있다.

이처럼 톤업크림에도 여러 종류가 있다. 화장품을 연구하다 보면 별로무 생각을 다 해보아도 답이 없을 때가 많다. 톤업크림을 발라서 피부가 하해 진 다음 10시간 이상이 지나도 화장이 무너지거나 뜨거나 지워지지 않고 그대로 있어야 좋은 화장품이다. 우리 회사에서는 피치 휘핑 톤업크림을 만든 후 지금까지 50만 개는 판매한것 같다. 화장품 업계 쪽에서는 한 제품 판매량이 100만 개를 넘고 500-1,000만 개를 넘으면 왕 대박이라고 한다.

대박을 치는 화장품을 만들려면 화장품 제형도 좋아야 하지만 다른 회사에서 만들지 않고 여심을 사로잡을 수 있는 스페셜한 무엇인가가 있어야 한다. 그래서 오늘도 나는 고민에 빠져 있다. 어떤 톤업크림을 만들어서 아시아의 여인들의 마음을 사로 잡을 수 있을까?

인생은 자아와 비자아와의 싸움이다

우리는 인생길을 걷다보면 난관을 만나기 나름이다. 자신이 목표로 정한 것이 순탄하게 이루어지는 것도 있지만 대부분은 실패로 마무리 되고 어떤 걸림돌에 부딪혀서 갈팡질팡 하는 경우가 많다.

주식에 투자한다거나 사업을 계획한다거나 이성을 교제한다거나 시험이나 자격증을 준비한다거나 경우의 수는 무한하다.

우리가 인생을 살아가면서 목표를 정하고 꿈을꾸고 그 꿈을 이루기위해 한 발 한 발 나아가는것은 멋진 일이다.

문제는 자기자신이 어떤 계획을 세우고 언제까지 어떤 목표치를 달성하지 못할 때 그 비난의 화살을 자기 가슴에 마구 쏘아댄다는 것이다.

나는 능력이 모자란다 느니 나는 운이 없다라느니 하면서 자아를 비판하며 스스로를 헐뜯는 것이다. 비판하지 않으면 발전할 수가 없다. 하지만 비판은 냉철하고 짧을 수록 좋다. 대부분 비판은 비판을 낳기 때문이다.

세상을 살아가면서 세상도 그렇고 자기자신도 그렇고 비판보다는 비평이 더 낫다. 비평은 이것은 조금 잘 된거고 저것은 아주 잘 못된것을 말한다.

자신이 욕망한 꿈이 허사로 되었을 때 인생이라는 허허벌판에 힘없이 쭈

그리고 앉아 맹하게 세월을 보내는 시간이 짧을 수록 좋다.

　고독, 괴로움, 슬픔, 기쁨, 환희, 영광… 이 모든 것들은 자신으로부터 비롯된 것이다. 자아를 냉혹하게 비판하고 비평했다면 훌훌털어버리고 또 인생길을 걸어가는 것이다.

　한 걸음 한 걸음 한 계단 한 계단 자신의 실체를 정확히 즉시하고 이룰 수 있는 작은 꿈부터 실현해 나가는 것이다. 그 꿈이 조그마한 거라도 이루어 질 때 우린 행복해진다.

　인생길은 늘 험난한 길이 대부분이다. 그 험한 인생길에서 가장 소중한 거는 자기자신을 사랑하는 것이다. 자기사랑이 충만하고 자신의 삶이 풍요로울 때 타인도 자연스럽게 사랑할 수 있기때문이다. 내가 제일 좋아하는 러시아의 대 문호 레오. 톨스토이는이렇게 말했다.

　신은 자기자신을 사랑하는 사람을 사랑한다!! 라고.

인터넷은 물고기가 사는 커다란 강이다

사람들은 강이나 바다에서 물고기를 잡는것을 좋아한다. 나는 6~7살 때 부터 중태기(쉬리)를 낚시로 잡았다. 우리집 돌 담 옆으로는 고남신에서 흘리내리는 작은 도랑이 있었다.

나는 거름가에 흙구뎅이를 파서 지렁이를 잡고 대나무가지에 낚시바늘을 실로 묶어서 쉬리를 낚시했다. 소죽을 푸는 나무바가지에 고기를 담아 모았다가 모두 살려 주었다.

나는 유년시절 섬진강가에서 빠가사리.메기낚시를 즐기곤 했었다.

대학 졸업 후 현대자동차 국내영업본부에서 7년을 근무하다 나는 IMF 때 신이 내린 현대자동차를 명퇴했다. 곧바로 비디오방(DVD 방)을 시작하여 14년을 하면서 중국에서 화장솔(메이크 업브러쉬)을 만들어 와서 팔기 시작했다.

중국에서 동네 후배 소 순원과 술을 마시며 술김에 영업은 자신있다고 큰소리치며 주문을 해놓고 무역도 모르던 나는 영겁결에 무역을 시작했다.

일산에 살때다. 중국에서 브러쉬가 이 만 셋트가 도착해서 일단 컨테이너에 혼자쌓는데...

갑자기 눈물이 흘렀다.

야~~~

이걸 언제 누구한테 다파냐?

그런데 브러쉬가 7개 들어있는데 검정지갑의 지퍼가 거의 불량이었다.

아내와 나는 아파트에 쭈그려 앉아 지퍼에 초를 칠해가면서 펀치로 몇 천개를 일일이 수리를 하였다.

그리고 아내는 구청에서 무료로 하는 인터넷 판매교육을 받고 나는 한국에 있는 모든 미용학원에 팜플레과 DM을 보냈다. 한편으로는 비디오방을 하면서 화장품 방판대리점을 일일히 돌아다니며 화장품 셀러 아줌마들에게 붓을 팔았다.

붓을 팔다보니 여자들 파우치.가방.거울 .. 온갖 잡동사니를 파는 박물장수로 변해가고 있었다. 내 차에 가득히 실고 여기 저기를 돌아 다니기에는 너무 시간낭비가 심했다. 그래서 나는 이 모든 물건들을 인터넷에 올려서 판매하기 시작했다.

컴퓨터를 뚫어지게 바라보면 레드오션과 블루오션이 보일 수 있다.

이 물건은 내가 만들면 승산이 있고 요 물건은 내가 수입해서 팔면 좋을 것 같은 느낌!!!

인테넷에 화장품 · 브러쉬 · 화장도구… 여러가지를 올려놓고 휴일이어서 몇 일을 쉬고 와도 주문은 몇 천개가 들어와 있다. 물론 싸이트도 잘 만들어야 하고 모델도 이쁜여자를 써야 하고 광고비도 많이 써야한다.

인터넷은 커다란 강이다. 유심히 바라보면 물고기가 보인다. 친구들과 강가에 가서 기다란 그물망을 강 건너편까지 쳐놓고 텐트에서 저녁내 술 마시고 떠들고 놀다가 아침에 일어나서 그물을 거두어 보면 온갖 물고기가 주렁 주렁 걸려있을 때… 그 환희는 가슴이 설렌다.

우리나라 싸이트만 보면 안된다. 미국 아마존 · 중국싸이트 · 일본싸이트 ·

태국·러시아·멕시코·브라질·유럽…

　이 커다란 강의 흐름을 느낄 때 당신은 크고 싱싱한 고기를 누구보다 많이 잡을 수 있을 것이다.

　좋은 물건을 만들어 유행하기 시작하면 소비자들의 리뷰가 많아지고 국내. 해외여기저기서 도매문의가 들어오기 시작한다. 그 때부터는 당신은 뷰가 아주좋은 강가에 텐트를 쳐놓고 낭만을 느껴도 좋을 것이다!!

인생의 에너지는 여행에서 나온다

해외여행을 가기 전 여행가방에 짐을 챙길 때 설레임이 있다. 옷·세면도구·화장품·충전기·면도기·커피·과자·라면…

일상생활을 하다가 바쁘고 열심히 살아온 자신의 인생에게 보상의 뽀나스 휴가를 주는 것은 멋진 것이다. 현재의 삶터에서 멀리 떠나가서 자신이 시방 인생의 어느길을 걷고있고 어디쯤을 가고 있고 어디를 향해서 가야 하는지 마음을 비우고 생각에 잠겨보자.

가능하면 일 년에 두 번 아니면 분기마다 한 번쯤이면 더 좋을듯하다.

남지나 해 동지나해를 지나 말레이시아 반도에 있는 코타키나발루에 가서 야자수늘어진 멋진 바닷가에서 좋은 안주에 독한 꼬냑 한 모금을 마시며 빨갛게 익어가는 노을을보라.

자본주의에서 소비의 꽃은 자동차라고 한다. 여자들은 가방에 욕심히 많고 남자들은 좋은 자동차를 소유하고 싶어한다. 벤츠가 마음에 들면 사면 된다. 마음으로 사는게 아니라 자기마음에 드는 배기량의 벤츠를 사기위해서 부지런히 벌고 열심히 노력하면 꿈은 이루어진다. 꿈을 꾸지 않으면 아무것도 이룰수 없다. 여행을 위해서 바지런하게 살자.

비행기를 탈 때도 돈아낀다고 이코노미석만 타지말라. 더 아끼고 모아서 남들도 다 타는 비지니스석도 한 번 타 보아라.

　하늘에도 계급이 있다고 한다. 잠시나마 비지니스석에 타서 고급써비스를 받으며 힘들게 살아가는 자기자신에게 호사를 누리게 하여라.

　호텔도 싸구려만 찾아서 디니지 말고 일부러 오성급호텔에서 몇 일간 묵으며 호텔 싸우나에서 비싼 안마도 받으면서 과소비를 해 보자.

　다른 나라에 가서 다른 문화도 접해보고 멋진 경치도 구경하고 그나라 맛집에 가서 맛난 음식도 배가 터지게 먹어보고 우리나라에서 생각하지 못할 일들을 경험해 보라.

　여행의 소비로 해서 우리의 인생의 밧데리는 만 땅(가득히)이 될 수 있다. 그리고 느낀다. 왜 인생이 소중하고 남들보다 더 진지하고 열심히 살아야 하는지를...

화장품 만들기

아~~~~~~ 꽃이 피어서 봄이 아니라 네가 와서 봄이다. 가지 가지마다 부풀은 설레임을 살며시 풀면서 백옥보다 곱디 고운 속살로 춤을추는 봄이여!!! 꽃이여!!!! 너의 향기에 취해 알몸으로 미치듯 춤추다보면 너의 반쪽을 만나 수분이되어 달콤하게 알콩 달콩 익어가리라. 화장품한가지. 한가지를 새로 만들때마다 여러 생각에 잠깁니다. 유행을 따를 것인가? 선도할 것인가? 여러 공장에서 우리회사에 맞는 컨셉. 제형을 수없이 바꾸고 바꾸고...그러면서 한편으로는 용기 공장에 용기를 주문하면서 몇 번 반복해서 용기디자인을 합니다. 최소 오 천개 아니면 만 개가 용기 발주의 기본입니다. 이쯤되면 오너의 입장에서는 이거 질러야돼. 말어야대~?

　연구원과 직원들의 회의와 회의의 반복끝에 결단을 내립니다. 그리고 종이 케이스 디자인을 합니다. 본품이 나오면 디자인 팀은 두 세달 전부터 제품디자인에 몰두합니다. 모델을 구하고 사진 스튜디오를 구하고 사진작가를 구하고 모델을 화장해주는 메이크업아티스트를 섭외하고 그리고 조심스럽게 사진을 박습니다. 몇 백장의 사진속에서 가장 어울리는 사진을 골라 다시 사진 수정에 들어갑니다. 그리고 캠코더에 담은 영상은 영상대로 광고를위해 다시 스케치와 수정에 들어 갑니다. 한 가지의 화장품이 만들어지는 과정입니다. 이번에 새로 출시된 BB쿠션 예감이 너무 좋습니다. 광고도 제대로 하지도 못했는데 벌써 몇 십개의 주문이 들어오고 있습니다. 이 느낌대로라면 23호 25호도 곧 출시예정입니다.

회사 야유회

난 첫직장이 현대자동차였다. 7년동안 근무하면서 뽀나스 · 휴가비 · 생산격려장려금 · 무노동노사 · 격려금… 등 여러가지 뽀나스를 받아왔다. 나도 언젠가는 CEO가 되면 회사의 이익금을 직원들에게 골고루 나누어줄것이라고 나는 맹세 했었다. 그래서 해마다 정규뽀나스. 특별 뽀나스를 주고 있다.

올해도 제법 큰 이익을 달성했다. 그래서 12월에는 정규뽀나스 외 깜짝 놀랄 뽀나스를 준비했다. 그리고 이번 겨울야유회는 전 직원을 데리고 일본으로 야유회를 갈 계획이다. 5년 전에도 중국텐진으로 2박3일 회사 야유회를 다녀 왔었다.

나는 점심을 먹으면서도 메뉴를 되도록이면 여직원들이 고르게 한다. 우리회사의 남자는 나밖에 없다. 점심을 여직원들에게 고르게 하는 팁은 나의 가장 절친인 소 영신(현서울시청고위직 공무원)이다. 여직원들끼리 회식을 한 다음날에는 속을 풀고 좋은 컨디션에 일 하라고 해장국을 사주곤 한다.
회사는 혼자 꾸려 나가는게 아니다. CEO는 물이 어디로 흘러가야 하는지 방향만 정해주면 된다. 가끔 물길이막혀 우왕좌왕 할 때 물길을 터주면 된다. 구글·애플처럼 자유스러운 분위기 속에서 창의적인 생각을 할 수 있고 독특한 아이템을 개발할 수 있다. 자본주의에서 사람의 마음을 살 수 있는거는 돈이다. 직원들을 위해 돈을 아끼지 말자. 내가 사람들에게 베푼만큼 고대로 나에게 돌아온다.

그래서 직원들이 자연스럽게 내가 왜 회사를 위해서 일해야 하는지를 만든다음 CEO는 해외여행을 하면서 큰 바이어를 괸리하고 큰 문제가 생길 때 코뿔소 처럼 정면돌파하는 자신감이 있어야 한다. 어려움이 있을 때 비겁하게 뒤에서 숨어서 경영하지 말자. 장수가 용감하게 전면에서 싸울 때 부하들도 목숨걸고 싸운다.

나는 해마다 해외회사야유회에서 우리 사랑스런 여직원들이 깔깔대는 모습을 보기위해 더 열심히 앞으로 나갈것이다.